御選唐宋詩醇·陸游

莫礪鋒 主編
許芳紅 標點

商務印書館

者，指不勝屈。其卓然名家者，猶不減數十人。茲獨取六家者，謂惟此足稱大家也。大家與名家，猶大將與名將，其體段正自不同。李、杜一時瑜亮，固千古稀有。若唐之配白者有元，宋之繼蘇者有黃，在當日亦幾角立爭雄，而百世論定，則微之有浮華而無忠愛，魯直多生澀而少渾成，其視白、蘇較遜。退之雖以文爲詩，要其志在直追李、杜，實能拔奇於李、杜之外。務觀包含宏大，亦猶唐有樂天。然則騷壇之大將旗鼓，捨此何適矣？」元稹的成就遠遜於白居易，可以不論。但黃庭堅向與蘇軾齊名，並稱蘇黃。後人無論是稱揚宋詩還是指責宋詩，也常常蘇黃並稱，幾成定論。本書力排衆議，毅然捨黃庭堅而取陸游，頗有氣魄。雖說「魯直多生澀而少渾成」一語並不全面，但確實說中了部分黃詩的弊病。把韓愈和陸游選入唐宋詩史上的六大家之列，是此書很重要的一個特點，它表明編選者具有獨特的文學史眼光。

《唐宋詩醇》是一部反映乾隆朝清廷意識的詩選，較濃厚的封建意識和滿漢之防的意識都對此書的學術水準産生了不利的影響。此外，本書成於衆人之手，雖然全書基本上互相協調，但是整合的工作未能盡善，故書中時有出於衆手的蛛絲馬迹。更嚴重的是各家詩的評語水準不一，比如白詩的評語品質最低，與其他各家有明顯差距。此外全書評語撮合轉述前人之意者較多，有所發明者則不多見。

然而從整體來看，本書的品質還是相當可觀的，尤其是在唐宋詩大家之選擇、各家詩風特徵之認定等方面都有比較中肯且新穎的觀點。棄其短而取其長，我們應對《唐宋詩醇》予以充分的重視，它是我們考察唐宋詩學以及清乾隆前期學術風氣的重要典籍。

本次出版的《唐宋詩醇》，以文津閣《四庫全書》爲底本，在影印的基礎上進行標點，保留原書字體和色彩，使讀者在讀詩的同時，也能欣賞書法之美。由於《四庫全書》爲衆人手抄，其中難免錯漏，此次出版，爲保持原貌，一仍其舊，望讀者察之。

序

許芳紅

陸游（一一二五—一二一〇），字務觀，號放翁，越州山陰（今浙江紹興）人。生當北宋滅亡之際，自小即有收復河山之志。十二歲即能詩文，並蔭補登仕郎，鎖廳薦送第一，因排在秦檜之孫秦塤之前，得罪秦檜，仕途受阻。秦檜死後，始任福州寧德主薄，不久被薦爲勅令所删定官。孝宗即位後，任樞密院編修官，賜進士出身。歷任建康府通判、隆興府通判、夔州通判。乾道八年，入四川宣撫使王炎幕府爲幹辦公事，前往南鄭前綫，此爲陸游的生命里程碑，雖不足一年，却影響了其一生與文學創作。范成大帥蜀期間，辟其爲參議官。後歷任江西常平提舉、嚴州（今浙江建德）知州、軍器少監、禮部郎中兼實録院檢討官，間歸鄉領祠禄。嘉泰二年，任權同修國史、實録院同修撰，後又兼秘書監。三年書成後，升寶章閣待制，致仕。晚年居於鏡湖，嘉定二年歲末（一二一〇年一月二十六日）去世，享年八十五歲。生平見《宋史·陸游傳》《宋才子傳箋證·陸游傳》。

陸游一生不廢吟詠，詩作繁富，淳熙十四年（一一八七），於嚴州編定刊刻《劍南詩稿》二十卷。其後，其長子子虡刻《劍南詩稿》四十卷，幼子子遹復刻《放翁先生劍南詩稿》六十七卷。嘉定十三年（一二二〇）陸子虡於江州將陸游一生詩作編年彙刻爲《劍南詩稿》八十五卷，世稱「江州刊本」，此後刊刻者多以此爲祖本。一九八五年上海古籍出版社出版了錢仲聯整理的《劍南詩稿校注》，最稱完善。

《劍南詩稿》存詩九千四百多首，題材涵蓋社會生活諸方面，愛國主題是其主旋律，梁啟超在《讀陸放翁集》中讚歎道：「詩界千年靡靡風，兵魂銷盡國魂空。集中什九從軍樂，亙古男兒一放翁。」陸游追求壯美雄風，擅用雄偉奔放之筆抒發內心熾熱的愛國熱情，淋漓酣暢，感染力甚强。陸游詩思敏鋭，擅長描摹日常生活，其一生足迹遍布大江南北，飽覽壯美河山，晚年退居鏡湖，細賞湖光山色及鄉村生活。其足之所履、目之所及、耳之所聞均爲詩材，即景吟詠，錢鍾書先生認爲其「作詩工於寫景敘事」（《談藝錄》），甚確。

《唐宋詩醇》所選陸詩多屬上述兩類題材，總評中論陸詩内容曰：「其感激悲憤、忠君愛國之誠，一寓於詩，酒酣耳熱，跌蕩淋漓。至於漁舟樵徑，茶碗爐熏，或雨或晴，一草一木，莫不著爲詠歌，以寄其意。」概括甚爲準確。又評陸詩成就曰：「詩至萬首，瑕瑜互見。評者以爲，譬之深山大澤，包含者多，不暇剪除蕩滌，非如守半畝之宫，一木一石，可屈指計數，可謂知言矣。若捐疵纇，存英華，略纖巧可喜之詞，而發其閎深微妙之指，何嘗不與李、杜、韓、白諸家異曲同工，可以配東坡而無愧者哉！」亦可謂知言。但此書成於文網嚴密的乾隆時期，編選者選擇陸游愛國主義詩篇時不無忌諱，名篇《金錯刀行》《胡無人》《夜讀東京記》《三月十七日夜醉中作》《關山月》等均未入選，是爲瑕疵。

目次

卷之一

卷之二

卷之三

卷之四

卷之五

卷之六

臣等謹案《唐宋詩醇》，乾隆十五年御選唐四家：李白八卷、杜甫十卷、白居易八卷、韓愈五卷，宋二家：蘇軾十卷、陸游六卷，都四十七卷，製序頒行。唐宋詩家，指不勝屈。六家實為大成。而六家之中，又以李、杜為準的。故登選尤詳，每篇標其警策，親加評隲，或引及前人論議，間有援據他書，用資疏訂者，皆別色書之，朗若列眉。不特承學之士於古今格律，足以資津逮而定指歸，其別擇大醇，出入《風》《雅》，洵合乎温柔敦厚之教矣。乾隆四十九年九月恭校上。

總纂官臣紀昀臣陸錫熊臣孫士毅

總校官臣陸費墀

御選唐宋詩醇序

文有唐宋大家之目，而詩無稱焉者，宋之文足可以匹唐，而詩則實不足以匹唐也。既不足以匹，而必爲是選者，則以《唐宋文醇》之例，有《文醇》不可無《詩醇》，且以見二代盛衰之大凡，示千秋風雅之正則也。《文醇》之選，就向日書窓校閱所未畢付張照足成者。兹《詩醇》之選，則以二代風華，此六家爲最。時於幾暇，偶一涉獵。而去取評品，皆出於梁詩正等數儒臣之手。夫詩與文豈異道哉？昌黎有言：「氣盛，則言之短長與聲之高下皆宜。」然五三六經之所傳，其以言訓後世者，不以文而以詩，豈不以文尚有鋪張揚厲之跡，而詩則優游饜飫入人者深？是則，有《文醇》尤不可無《詩醇》也。六家品格與時會所遭，各見於本集小序。是編彙成，梁詩正等請示其梗概，故爲之總叙如此。乾隆十五年庚午夏六月既望四日御筆。

凡例

一唐宋人以詩鳴者，指不勝屈。其卓然名家者，猶不減數十人。兹獨取六家者，謂惟此足稱大家也。大家與名家，猶大將與名將，其體段正自不同。李、杜一時瑜亮，固千古希有。若唐之配白者有元，宋之繼蘇者有黄，在當日亦幾角立争雄，而百世論定，則微之有浮華而無忠愛，魯直多生澀而少渾成，其視白、蘇較遜。退之雖以文爲詩，要其志在直追李、杜，實能拔奇於李、杜之外。務觀包含宏大，亦猶唐有樂天。然則騷壇之大將旗鼓，舍此何適矣？

一大家全力多於古詩見之。就近體而論，太白便不肯如子美之加意布置，昌黎奇傑之氣尤不耐束縛，東坡才博，又似不免輕視故篇，體常近於率，惟白、陸於古今體閒，庶無偏向耳。意向既殊，多寡亦異，而選詩者之進退因之，正不强爲均齊也。

一六家詩集中，白、陸最大，别擇較難。斷以風人之義，多取其有爲而作者録之。顧

其憂深思遠，隨處感發，寄興之作，亦美不勝收。佳處領要，則又芟其複而拔其尤，探得驪珠，固不屑屑於一鱗片甲耳。

一李、杜，名盛而傳久，是以評賞家特多。韓、白同出唐時而名不逮，韓之見重尤後於白，則品論之詞故應遞減。蘇、陸在宋，年代既殊，名望亦復不敵。晚出者評語更寥寥矣。多者，擇而取之；少者，不容傅會。折衷一定，聲價自齊。燕瘦環肥，初不以粧飾之濃淡為妍媸也。

一評語悉准《唐宋文醇》之例，色别書之。但其中有援據正史、雜説，用資考訂疏解者，與古今人評詩之語義各有在，《文醇》未經區别，今於藍筆之外另作緑筆書，以便閲者燦若列眉。

一舊時評語、考證有錯謬者，例應削去。特恐沿襲既久，或謂是編偶不及載，而終不識其非，轉致遺誤無已，故仍録之而加駁正焉。

卷之一

御批

《三百篇》之後，自楚騷、漢、魏、六朝以至於唐，而詩之變盡矣。變有必極，則所就亦以時異。故宋人繼唐之後，不規規模擬前人，要以自成一家而止。然其體製雖殊，而波瀾未嘗二也。耳食之流未窺古人門戶，於一代大家橫生訾議；而不善學者，又徒襲其聲貌，亦兩失之矣。宋自南渡以後，必以陸游為冠，當時稱大家者曰「蕭、楊、范、陸」。楊萬里則曰「尤、蕭、范、陸」。至劉克莊乃曰：「放翁學力似杜甫。」又曰：「南渡而下，放翁故為一大宗。」朱子與徐賡載書：「放翁詩讀之爽然，近代惟見此人為有詩人風致。」今諸家詩具在，可與游匹者，誰也？觀游之生平，有與杜甫類者。少歷兵間，晚棲農畝，中間浮沉中外，在蜀之日頗多。其感激悲憤、忠君愛國之誠，一寓於詩，酒酣耳熱，跌蕩淋漓。至於漁舟樵徑，茶椀爐熏，或雨或晴，一草一木，莫不著為咏歌，以寄其意。此與甫之詩何以異哉？詩至萬首，瑕瑜互見。評者以為，譬之深山大澤，包含者多，不暇剪除蕩滌，非如守半畝之

宫，一木一石，可屈指計數，可謂知言矣。若捐疵纇，存英華，畧纖巧可喜之詞，而發其閎深微妙之指，何嘗不與李、杜、韓、白諸家異曲同工，可以配東坡而無愧者哉！兹所存者，僅逾二十之一，直使天青木臞，水落石出，其有以破拘士之見，而守劍南門户者，亦知所取則也夫。

寄酬曾學士，學宛陵先生體，比得書，云所寓廣教僧舍有陸子泉，每對之，輒奉懷

庭中下乾鵲，門外傳遠書。小印紅屈蟠，兩端黄蠟塗。開緘展矮紙，滑細疑卵膚。首言勞良苦，後問逮妻孥。中間勉以仕，語意極勤渠。字如老瘠竹，墨淡行踈踈。詩如古鼎篆，可愛不可摹。快讀醒人意，垢癢逢爬梳。細讀味益長，炙轂出膏腴。行吟坐卧看，廢食至日晡。想見落筆時，萬象聽指呼。亦知題詩處，緑井石髮麤。公閑計有客，煎茶置風爐。倘公無客時，濯纓亦足娛。井名本季疵，思人理豈無？居然及賤子，媿謝恩意殊。幾時得從公，舊學鋤荒蕪。古文講聲形，誤字辨魯魚。時時酌井泉，露芽奉瓢盂。不知公許否，因風報何如？

送曾學士赴行在

二月侍燕觴，紅杏寒未坼。四月送入都，杏子已可摘。流年不貸人，俯仰遂成昔。事賢要及時，感此我心惻。欲書加餐字，寄之西飛翮。念公為民起，我得怨乖隔。遙遙跂前旌，去去望車軛。亭郭鬱將暮，落日澹陂澤。敢忘國士風，涕泣效臧獲。敬輸千一慮，或取二三策。公歸對延英，清問方側席。民瘼公所知，願言寫肝膈。向來酷吏横，至今有遺螫。織羅士破膽，白著民碎魄。詔書已屢下，宿蠹或未革。期公作醫和，湯劑窮絡脈。士生恨不用，得位忍辭責？併乞謝諸賢，努力光竹帛。

御批——前篇學宛陵，此遂并近工部。道義相勖，辭意俱古。

考證——《唐書·劉晏傳》：州縣取富人督漕輓，謂之「船頭」；主郵遞謂之「捉驛」；稅外横取，謂之「白著」。

新夏感事

百花過盡綠陰成，漠漠爐香睡晚晴。病起兼旬踈把酒，山深四月始聞鶯。近傳下詔通言路，已卜餘年見太平。聖主不忘初政美，小儒惟有涕縱橫。

御批——風調清蒼，立言得體，直是通達治理，非尋常嘲風弄月者比。

集評——王士正曰：劉公㦸論詩云：「七律較五律多二字耳，其難什倍。譬開硬弩，祗到七分，若到十分滿，古今亦罕矣。」予因思唐宋以來，爲此體者何翅千百人？求其十分滿者，唯杜甫、李頎、李商隱、陸游及明之空同、滄溟、二李數家耳。

考證——《文集·曾文清公志銘》：太上懲秦氏專政之後，開言路，獎孤直，應詔論事者甚衆。

留題雲門草堂

小住初為旬月期，二年留滯未應非。尋碑野寺雲生屨，送客溪橋雪滿衣。親滌硯池餘墨漬，臥看爐面散煙霏。他年遊宦應無此，早買漁蓑未老歸。

度浮橋至南臺

客中多病廢登臨，聞說南臺試一尋。九軌徐行怒濤上，千艘橫繫大江心。寺樓鐘鼓催昏曉，墟落雲煙自古今。白髮未除豪氣在，醉吹橫笛坐榕陰。

御批——領聯寫浮橋，語頗偉麗。五、六雄渾中興象自遠，有涵蓋一切之氣。

還縣

霽色清和日已長，綸巾蕭散意差強。飛飛鷗鷺陂塘綠，鬱鬱桑麻風露香。南陌東村初過社，輕裝小隊似還鄉。哦詩忘却登車去，枉是人言作吏忙。

御批——三、四閒雅可愛，畫手有不能寫處。

航海

我不如列子，神遊御天風。尚應似安石，悠然雲海中。卧看十幅蒲，彎彎若張弓。潮來涌銀山，忽復磨青銅。飢鶻掠船舷，大魚舞虚空。流落何足道，豪氣蕩肺胸。歌罷海動色，詩成天改容。行矣跨鵬背，弭節蓬萊宫。

東陽道中

風欹烏帽送輕寒，雨點春衫作碎斑。小吏知人當著句，先安筆硯對溪山。

送七兄赴揚州帥幕

初報邊烽照石頭，旋聞胡馬集瓜州。諸公誰聽芻蕘策，吾輩空懷畎畝憂。急雪打窗心共碎，危樓望遠涕俱流。豈知今日淮南路，亂絮飛花送客舟。

御批——五句承上，但覺忠憤填胸，不復論其造句之警。此子美嫡嗣，他人不能到也。

以石芥送劉韶美禮部，劉比釀酒勁甚，因以為戲

古人重改陽城驛，吾輩欣聞石芥名。風味可人終骨鯁，尊前真見魯諸生。

御批——草木名物，見好賢之意，風人微旨，可以風世厲俗。

考證——元微之《陽城驛》詩：商有陽城驛，名同陽道州。陽公没已久，感我淚交流。祠曹諱羊祜，此驛何不侔？我欲避公諱，名為避賢驛。

寄張真父舍人

諸公方袞袞，無地著斯人。萬里夔州守，中朝禁省臣。孤帆秋上峽，五馬曉班春。想見懷明主，登臨白髮新。

病中簡仲彌性、唐克明、蘇訓直

移疾還家暫曲肱，依然耐久壯窓燈。心如澤國春歸雁，身是雲堂旦過僧。細雨佩壺尋廢寺，夕陽下馬弔荒陵。小留莫厭時追逐，勝社年來冷欲氷。原註：三君皆有歸志，故云。

晚泊慈姥磯下

山斷峭崖立，江空翠靄生。漫多來往客，不盡古今情。月碎知流急，風高覺笛清。兒曹笑老子，不睡待潮平。

御批——格力殊健，起勢尤為挺拔。

夜宿陽山磯，將曉大雨，北風甚勁。俄頃，行三百餘里，遂抵雁翅浦

五更顛風吹急雨，倒海翻江洗殘暑。白浪如山潑入船，家人驚怖篙師舞。此行十日苦滯留，我亦蘆叢厭鳴艣。書生快意輕性命，十丈蒲帆百夫舉。星馳電騖三百里，坡隴聯翩雜平楚。船頭風浪聲愈厲，助以長笛撾鼉鼓。豈惟澎湃震山嶽，直恐澒洞連后土。起看草木盡南靡，水鳥號鳴集洲渚。稽首龍公謝風伯，區區未禱煩神許。應知老去負壯心，戲遣窮途出豪語。

集評——王士正曰：南渡惟陸務觀為大宗，七言遜杜、韓、蘇、黃諸大家，正坐沈鬱

頓挫少耳，要非餘人所及。

送全州趙都曹

霜葉無停聲，脂車有行色。正悲南浦秋，又送清湘客。啼飢兒頰紅，待養親髮白。努力事上官，世路日已迫。

御批——發端清妙，後幅語帶憤激矣。

病中作

豫章瀕大江，氣候頗不令。孟冬風薄人，十室八九病。外寒客肺胃，下濕攻腳脛。俗巫醫不藝，嗚呼安託命。我始屏藥囊，治疾以清靜。幻妄消六塵，虛白全一性。

三日體遂輕，成此不戰勝。長年更事多，苦語君試聽。

醉中歌

吾少貧賤真臞儒，貪食嗜味老不除。折腰斂版日走趨，歸來聊以醉自娛。長餅巨榼羅盃盂，不須漁翁勸三閭。牛尾膏美如凝酥，猫頭輪囷欲專車。黄雀萬里行頭顱，白鵞作鮓天下無。潯陽糖蟹徑尺餘，吾州之蓴尤嘉蔬。珍盤飣餖百味俱，不但項臠與腹腴。悠然一飽自笑愚，顧為口腹勞形軀。投劾行矣歸園廬，莫厭䊦飯嘗黄葅。

上巳臨川道中

二月六夜春水生，陸子初有臨川行。溪深橋斷不得渡，城近卧聞吹角聲。三月三日天氣新，臨川道中愁殺人。纖纖女手桑葉綠，漠漠客舍桐花春。平生怕路如怕虎，幽居不肯遊城府。鶴軀苦瘦坐長飢，龜息無聲惟默數。如今自憐還自笑，斂版低心事年少。儒冠未恨終自誤，刀筆最驚非素料。五更欹枕一悽然，夢裏扁舟水接天。紅蕖綠芰梅山下，白塔朱樓禹廟邊。

隨意

隨意上漁舟，幽尋不預謀。清溪欣始泛，野寺憶前遊。豐歲雞豚賤，霜天柿栗稠。餘生知有幾，且置萬端憂。

御批——起句之妙，正以不著意得之。

遊山西村

莫笑農家臘酒渾，豐年留客足雞豚。山重水複疑無路，柳暗花明又一村。簫鼓追隨春社近，衣冠簡朴古風存。從今若許閒乘月，拄杖無時夜叩門。

御批——有如彈丸脱手，不獨善寫難狀之景。

雨霽出遊書事

十日苦雨一日晴，拂拭拄杖西村行。清溝泠泠流水細，好風習習吹衣輕。四鄰蛙聲已閣閣，兩岸柳色争青青。辛夷先開半委地，海棠獨立方傾城。春工遇物初不擇，亦秀燕麥開蕪菁。薺花如雪又爛熳，百草紅紫那知名。小魚誰取置道側，細柳穿頰危將烹。欣然買放寄吾意，草萊無地蘇疲氓。

御批　閑閑即目，有鳶飛魚躍之意，末句一轉，便追風人。非大家烏能有此？

上虞逆旅見舊題歲月感懷

舴艋爲家東復西，今朝破曉下前溪。青山缺處日初上，孤店開時鶯亂啼。倦枕不成千里夢，壞墻閑覓十年題。漆園傲吏猶非達，物我區區豈足齊。

題十八學士圖

隋日昏曀東南傾，雷塘風吹草木腥。平時但忌黑色兒，不知乃有虬鬚生。晋陽龍飛雲滃滃，關洛萬里即日平。東征歸來脱金甲，天策開府延豪英。琴書閑暇永清晝，簪履光彩明華星。高忝伊吕列佐命，下者才氣猶崢嶸。但餘一恨到千載，高陽繆公來竄名。

老奸得志國幾喪，李氏誅徙連孤嬰。向令亟念履霜戒，危亂安得存勾萌。衆賢一佞猶尚爾，掩卷涕淚臨風橫。

御批——自古知人不易，一經指出，便為炯戒。此詩之有關政治者，筆亦勁直無比。

考證——《唐書》：秦王使閻立本圖像文學，褚亮為之贊，題名爵里，號「十八學士圖」。

夜聞松聲有感

清晨放船落星石，大風吹颿如箭激。回頭已失廬山雲，却上吴城覩落日。夜深龍歸擘祠門，入木數寸留爪痕。明朝就視心尚慄，腥風卷地雷霆奔。歸船買酒持自慰，性命平生驚屢戲。固知神怒有定時，波紋蹙作魚鱗細。如今衰病卧林坰，霜覆茆簷月滿庭。松聲驚破三更夢，猶作當時風浪聽。原註：余丙戌七月，自京口移官豫章，冒風濤自星子解舟，不半日，至吴城山小龍廟。

十二月一日

東風吹斗柄，暖律變嚴凝。草色迷殘燒，溪流帶斷氷。兒書春日牓，女剪上元燈。莫笑蒲龕睡，山翁怯歲增。

宿楓橋

七年不到楓橋寺，客枕依然半夜鐘。風月未須輕感慨，巴山此去尚千重。

御批——所謂「一番拈起一番新」也。

雨中泊趙屯有感

歸燕羈鴻共斷魂，荻花楓葉泊孤村。風吹暗浪重添纜，雨送新寒半掩門。魚市人煙橫慘淡，龍祠簫鼓閙黄昏。此身且健無餘恨，行路雖難莫更論。

集評——潘問奇曰：三、四風景颯然，五、六亦稱。

考證——《入蜀記》：大風解船，經皖口至趙屯，未朝食，已行百五十里，而風益大，乃泊夾中。趙屯有戍兵，亦小市聚也，夜雨。

秋風

秋風吹客檣，節物嘆遐方。歲事忽云莫，吾行殊未央。霜清漢水緑，日落楚山蒼。此去三巴路，無猿亦斷腸。

御批——前四句疎宕，五、六撐拄得起，結有餘力，逼真盛唐格律。

重陽

照江丹葉一林霜，折得黄花更斷腸。商略此時須痛飲，細腰宫畔過重陽。

集評——王士正曰：偶與友人論宋人絶句，若放翁「照江丹葉一林霜」「舟中一雨掃飛蠅」「江上荒城猨鳥悲」諸篇，皆可直追唐音。

考證——《入蜀記》：九日，泊壋子磯，求菊花於江上人家，得數枝，芬馥可愛，爲之頹然徑醉。

沙頭

游子行愈遠，沙頭逢莫秋。孫劉鼎足地，荆益犬牙州。鼓角風雲慘，江湖日夜浮。此生應衮衮，高枕看東流。

御批——雄渾悲壯，直摩浣花之壘。

移船

沙際舟銜尾，相依作四隣。暮年多感慨，分路亦酸辛。折竹占行日，吹簫賽水神。無勞問亭驛，久客自知津。

將離江陵

莫莫過渡頭，旦旦走隄上。舟人與關吏，見熟識顔狀。癡頑久不去，常恐遭誚讓。昨日倒檣竿，今日縢百丈。買薪備雨雪，儲米滿瓶盎。明當遂去此，障袂先側望。即今孟冬月，波濤幸非壯。潦收出奇石，霧卷見疊嶂。地嶮多崎嶇，峽束少平曠。

從來樂山水，臨老愈跌宕。皇天憐其狂，擇地令自放。山花白似雪，江水綠於釀。《竹枝》本楚些，妙句寄悽愴。何當出清詩，千古續遺唱。

考證——《入蜀記》：九月二十日倒檣竿，立艣牀。蓋上峽惟用艣及百丈，不復張帆矣。百丈以巨竹四破為之，大如人臂。予所乘千六百斛船，用艣六枝，百丈兩車。

滄灘

百夫正讙助鳴艣，舟中對面不得語。須臾人散寂無譁，惟聞百丈轉兩車。嘔嘔啞啞車轉急，舟人已在沙際立。霧斂蘆村落照紅，雨餘漁舍炊煙濕。故鄉回首已千山，上峽初經第一灘。少年亦慕宦遊樂，投老方知行路難。

松滋小酌

西遊六千里，此地最淒涼。騷客久埋骨，巴歌猶斷腸。風聲撼雲夢，雪意接瀟湘。萬古茫茫恨，悠然付一觴。

御批——五、六翛然意遠，兼有沈雄之氣。孟浩然云：「獵響驚雲夢，漁歌激楚詞。」妙處故應遜此。

晚泊松滋渡口

小灘拍拍䴉鶄飛，深竹蕭蕭杜宇悲。看鏡不堪衰病後，繫船最好夕陽時。生涯落魄惟耽酒，客路蒼茫自咏詩。莫問長安在何許，亂山孤店是松滋。

繫舟下牢溪，游三游洞二十八韻

舊觀三峽圖，常謂非人情。意疑天壤間，豈有此崢嶸？畫師定戲耳，聊欲窮丹青。
西遊過沔鄂，莽莽千里平。昨日到峽州，所見始可驚。乃知畫非妄，却恨筆未精。
及兹下牢戍，峰嶂畢自呈。下入裂坤軸，高騫挿青冥。角勝多列峙，擅美有孤撑。
或如釜上甑，或如坐後屏。或如倨而立，或如喜而迎。或深如螺房，或疎如窗欞。
峨巍冠冕古，婀娜髻鬟傾。其間絶出者，虎搏蛟龍獰。崩崖凛欲墮，修梁架空横。
懸瀑瀉無底，終古何時盈？幽泉莫知處，但聞珩珮鳴。怪怪與奇奇，萬狀不可名。
久聞三遊洞，疾走忘病嬰。竇穴初漆黑，傴僂捫壁行。方虞觸螫蛇，頫見一點明。
扶掖困僮奴，恍然出瓶罌。穹穹廈屋寬，滴乳成微泓。題名歐與黄，雲蒸蒼蘚平。
穿林走驚麏，拂面逢飛鼪。息倦盤石上，拾樵買茶鐺。長嘯畣谷響，清吟和松聲。
辭單不堪刻，猶足寄友生。

御批——語奇句老，頗近昌黎，視《南山》蓋具體而微爾。

秋風亭拜寇萊公遺像

江上秋風宋玉悲，長官手自葺茆茨。人生窮達誰能料？蠟淚成堆又一時。

御批——感慨繫之，其風調最佳。

集評——王士禎曰：詩意以「蠟淚成堆」為公貴後事。按《后山叢談》所記，則自其微時已然。既為宰相，乃所謂「無地起樓臺」相公也。此萊公英雄本色，所以不可及。

考證——《入蜀記》：巴東謁寇萊公祠，登秋風亭，下臨江山。是日，重陰微雪，天氣飂飄，復覩亭名，使人悵然，始有流落天涯之歎。

聞猿

瘦盡腰圍不爲詩，良辰流落自成衰。也知客裏偏多感，誰料天涯有許悲？漢塞角殘人不寐，渭城歌罷客將離。故應未抵聞猿恨，況是巫山廟裏時。

御批——排宕開闔，波瀾無限，格調自李商隱得之，故自青出於藍。

瞿塘行

四月欲盡五月來，峽中水漲何雄哉！浪花高飛暑路雪，灘石怒轉晴天雷。千艘萬舸不敢過，篙工柂師心膽破。人人陰拱待勢衰，誰敢輕行犯奇禍。一朝時去不自由，山腹空有沙痕留。君不見，陸子歲莫來夔州，瞿塘峽水平如油。

考證——《入蜀記》：入瞿塘峽，兩壁對聳，上入霄漢，其平如削成。仰視，天如疋

練，然水已落峽中，平如油盎。

蹋磧

鬼門關外逢人日，蹋磧千家萬家出。竹枝慘戚雲不動，劒器聯翩日將夕。行人十有八九瘦，見慣何曾羞顧影。江邊沽酒沙上卧，峽口月出風吹醒。人生未死信難知，顦顇夔州生鬢絲。何日畫船搖桂檝，西湖卻賦探春詩。

鄉中每以寒食、立夏之間省墳，客夔適逢此時，悽然感懷

手持綠酒酹蒼苔，今歲何由匹馬來。清淚不隨春雨斷，孤吟欲和暮猿哀。皂貂破弊歸心切，白髮凄凉老境催。誓墓只思長不出，松門日日手親開。

風雨中望峽口，諸山奇甚，戲作短歌

白鹽赤甲天下雄，拔地突兀摩蒼穹。凜然猛士撫長劍，空有豪健無雍容。不令氣象少渟滀，常恨天地無全功。今朝忽悟始歎息，妙處元在煙雨中。太陰殺氣横慘澹，元化變態含空濛。正如奇材遇事見，平日乃與常人同。安得朱樓高百尺，看此疾雨吹横風。

御批——奇思横出，傑語迭見。

晚晴聞角有感

暑雨初收白帝城，小荷新竹夕陽明。十年塵土青衫色，萬里江山畫角聲。零落親朋勞遠夢，凄凉鄉社負歸耕。議郎博士多新奏，誰致當時魯二生。

御批——游嘗與范成大論東坡「遥知叔孫子，已致魯諸生」句，謂爲意深語緩。此詩

結意雖顯，亦有不盡之致。

畏虎

滑路滑如苔，澀路澀若梯。更堪都梁下，一雪三日泥。泥深尚云可，委身餓虎蹊。
心寒道上跡，魄碎茆葉低。常恐不自免，一死均豬雞。老馬亦甚畏，慘慘不敢嘶。
吾聞虎雖暴，未嘗窺汝棲。孤行莫不止，取禍非排擠。彼讒實有心，平地生溝谿。
哀哉馬新息，薏苡成珠犀。

御批——得詩人激刺之旨，截然徑住，彌健彌深。

隣水延福寺早行

化蝶方酣枕，聞雞又著鞭。亂山徐吐日，積水遠生煙。淹泊真衰矣，登臨獨惘然。桃花應笑客，無酒到愁邊。原註：盡市，酤酒禺不可飲。

御批——著語之工，視「四更山吐月，殘夜水明樓」，一警健，一細緻。

大安病酒，留半日，王守復來招，不往。送酒解醒，因小飲江月館

江驛春醒半日留，更煩送酒為扶頭。柳花漠漠嘉陵岸，别是天涯一段愁。

曉發金牛

客枕何時穩，匆匆又束裝。快晴生馬影，新暎坼花房。沮水春流綠，嶓山曉色蒼。阿瞞狼狽地，千古有遺傷。原註：自金牛以西，皆明皇幸蜀路。

山南行

我行山南已三日，如繩大路東西出。平川沃野望不盡，麥隴青青桑鬱鬱。地近函秦氣俗豪，鞦韆蹴鞠分朋曹。苜蓿連雲馬蹄健，楊柳夾道車聲高。古來歷歷興亡處，舉目山川尚如故。將軍壇上冷雲低，丞相祠前春日暮。國家四紀失中原，師出江淮未易吞。會看金鼓從天下，却用關中作本根。

和高子長參議道中

梁州四月晚鶯啼，共憶扁舟罨畫谿。莫作世間兒女態，明年萬里駐安西。

御批——翩翩有俠氣。

次韻張季長題龍洞

我昔謁紫皇，翳鳳驂虬龍。俯不見塵世，浩浩萬里空。謫墮尚遠遊，忽到漢始封。西望接蜀道，北顧連秦中。壯哉形勝區，有此蜿蜒宮。雷霆自鞺鞳，環玦亦璁瓏。石屋如建章，萬户交相通。來者各有得，盡取知無從。憑高三歎息，自古幾英雄。老我文字衰，揮毫看諸公。

御批　慨然遠望，落想在耳目之外。

太息

原註：宿青山鋪作。

太息重太息，吾行無終極。冰霜迫殘歲，鳥獸號落日。秋砧滿孤村，枯葉擁破驛。白頭鄉萬里，墮此虎豹宅。道邊新食人，膏血染草棘。平生鐵石心，忘家思報國。

即今冒九死，家國兩無益。中原久喪亂，志士淚橫臆。切忽輕書生，上馬能擊賊。

閬中作

殘年作客遍天涯，下馬長亭便似家。三疊淒涼渭城曲，數枝閑澹閬中花。襞牋授管相逢晚，理鬢熏衣一笑譁。俱是邯鄲枕上夢，墜鞭不用憶京華。

遊錦屏山謁少陵祠堂

城中飛閣連危亭，處處軒窗臨錦屏。涉江親到錦屏上，却望城郭如丹青。虛堂奉祠子杜子，眉宇高寒照江水。古來磨滅知幾人，此老至今元不死。山川寂寞客子迷，草木搖落壯士悲。文章垂世自一事，忠義凜凜令人思。夜歸沙頭雨如注，北風吹船橫半渡。

亦知此老憤未平，萬竅爭號泄悲怒。

御批——傷今懷古，懷抱畧同。慷慨嗚歎，如見其人，亦以寫其胸臆爾。

歸次漢中境上

雲棧屏山閱月遊，馬蹄初喜蹋梁州。地連秦雍川原壯，水下荆揚日夜流。遺虜孱孱寧遠略，孤臣耿耿獨私憂。良時恐作他年恨，大散關頭又一秋。

御批——才氣慷慨，不詭風人。

南沮水道中

碓舍臨湍瀨，罾船聚小潭。山形寒漸瘦，雪意莫方酣。久客情懷惡，頻來道路諳。

家山空悵望，無夢到江南。

長木夜行抵金堆市

夜行長木村，重霧雜零雨。溼螢粘野蔓，寒犬吠雲塢。道壞交細泉，亭廢立遺堵。時時過農家，燈火照鳴杼。嗟予獨何事，無歲得安處。即今窮谷中，性命寄豺虎。三更投小市，買酒慰覊旅。高詠《東山》詩，悵望懷往古。

赴成都泛舟自三泉至益昌，謀以明年下三峽

詩酒清狂二十年，又摩病眼看西川。心如老驥常千里，身似春蠶已再眠。莫雪烏奴停醉帽，秋風白帝放歸船。飄零自是關天命，錯被人呼作地仙。

御批——頷聯自佳，近人朱彝尊乃謂比興之體，可以偶見，摭其相類之句，以為前後稠疊。何乃吹毛求疵？

集評——王士正曰：蜀道廣元縣，蜀王弟葭萌所封，古苴侯國。城西二里有烏奴山，陸游詩「莫雪烏奴停醉帽，秋風白帝放歸船」是也。

雪晴行益昌道中，頗有春意

杜陵雁下歲將殘，疋馬西遊雪擁關。顫頟敢忘雙闕路，淹遲遍看兩川山。春回柳眼梅鬚裏，愁在鞭絲帽影間。安得黄金成大藥，為人千載駐頹顏。

劍門道中遇微雨

衣上征塵雜酒痕，遠遊無處不消魂。此身合是詩人未？細雨騎驢入劒門。

集評——盧世㴶曰：筆墨之氣，脱化殆盡。

劍門城北回望劍關諸峰青入雲漢，感蜀亡事，慨然有賦

自昔英雄有屈信，危機變化亦逡巡。陰平窮寇非難禦，如此江山坐付人。

御批——劉禪庸主，譙周庸臣，七字中含多少感慨。

綿州魏成縣驛有羅江東詩云「芳草有情皆礙馬，好雲無處不遮樓」，戲用其韻

老夫棄興忽西遊，遠跨秦吳萬里秋。尊酒登臨遍山寺，歌辭散落滿江樓。孤城木葉蕭蕭下，古驛灘聲澱澱流。未許詩人誇此地，茂林修竹憶吾州。

東津

歲莫涪江水歸壑，白沙濔𣶏石犖角。蜀天常燠少雪霜，綠樹青林不搖落。闌干詰曲臨官道，煙靄參差望城郭。打魚斫膾脩故事，豪竹哀絲奉歡樂。樂莫樂於新相知，美人一笑回春姿。四方本是丈夫事，安用一生無別離？

御批——深情老筆，視少陵二作，雖未敢旗鼓中原，亦當鴈行，同時諸子豈敢望其項背？

東山

今日之集何佳哉，入關劇飲始此回。登山正可小天下，跨海何用尋蓬萊？青天肯為陸子見，妍日似趣梅花開。有酒如涪綠可愛，一醉直欲空千罍。驪酥鵝黃出隴右，熊肪

玉白黔南來。眼花耳熱不知夜，但見銀燭高花摧。京華故人死太半，歡極往往潛生哀。聊將豪縱壓憂患，鼓吹動地聲如雷。

御批——高風跨俗，真骨凌霜，高作也。

綿州錄參廳觀姜楚公畫鷹少陵爲作詩者

我來訪古涪之濱，不辭百罔冀一真。走馬朝尋海棠館，斫膾夜醉魴魚津。越王高樓亦已換，俯仰今古堪悲辛。晉鄙官舍最卑陋，棟撓楹腐知幾春。巋然此壁獨亡恙，老槎勁翮完如新。向來劫火何自免，叱呵守護疑有神。妖狐九尾穴中國，共置不問如越秦。天時此物合致用，下鞲指呼端在人。會當原野灑毛血，坐令萬里清煙塵。老眼還憂不及見，詩成肝膽空輪囷。

西郊尋梅

西郊梅花矜絕艷，走馬獨來看不厭。似羞流落蒙市塵，寧墮荒寒傍茆店。翛然自是世外人，過去生中差一念。淺顰常鄙桃李學，獨立不容鶯蝶覘。山礬水仙晚角出，大是春秋吳楚僭。餘花豈無好顏色？病在一俗無由砭。朱欄玉砌渠有命，斷橋流水君何欠？嗟余相與頗同調，身客劍南家在剡。凄凉萬里歸無日，蕭颯二毛衰有漸。尚能作意晚相從，爛醉不辭盃瀲灩。

御批——因險出奇，却不落小家數。

海棠 原註：范希元園。

誰道名花獨故宮，原註：謂故蜀燕王宮。東城盛麗足爭雄。橫陳錦障闌干外，盡吸紅雲酒醆中。

貪看不辭持夜燭，倚狂直欲擅春風。拾遺舊咏悲零落，瘦損腰圍擬未工。原註：老杜不應無海棠詩，意其失傳爾。

集評——孫勷曰：末句妙於翻案，如此著意，自爾無陳非新。

驛舍見故屏風畫海棠有感

厭煩只欲長面壁，此心安得頑如石？杜門復出歎習氣，止酒還開慙定力。成都一月海棠開，錦繡裹城迷巷陌。燕宫最盛號花海，霸國雄豪有遺迹。猩紅鸚緑極天巧，疊萼重跗眩朝日。繁華一夢忽吹散，閉眼細思猶歷歷。憂樂相尋豈易知，故人應記醉中詩。夜闌風雨嘉州驛，愁向屏風見折枝。

御批——結尾點題，含情無限，通首俱成波瀾矣。《夜聞松聲有感》與此同調，蓋其作用熟也。

登荔枝樓

平羌江水接天流，涼入簾櫳已似秋。喚作主人元是客，知非吾土強登樓。閑憑曲檻常忘去，欲下危梯更小留。公事無多廚釀美，此身不負負嘉州。原註：薛能詩：「不負嘉州只負身。」

凌雲醉歸作

峨嵋月入平江水，歎息吾行俄至此。謫仙一去五百年，至今醉魂呼不起。玻瓈春滿琉璃鍾，原註：玻瓈春，眉州酒名。宦情苦薄酒興濃。飲如長鯨渴赴海，詩成放筆千觴空。十年看盡人間事，更覺麴生偏有味。君不見，蒲萄一斗換得西涼州，不如將軍告身供一醉。

醉中感懷

早歲君王記姓名，只今顦顇客邊城。青衫猶是鵷行舊，白髮新從劍外生。古戍旌旗秋慘澹，高城刁斗夜分明。壯心未許全消盡，醉聽檀槽《出塞》聲。

集評——盧世㴶曰：三、四無限感慨。

玻瓈江

原註：眉州共飲亭，蓋取東坡「共飲玻瓈江」之句。追懷舊遊，戲作，以補《西州樂府》。

玻瓈江水千尺深，不如江上離人心。君行未過青衣縣，妾心先到峨嵋陰。金罇共釂不知曉，月落煙渚天橫參。車輪無角那得住，馬蹄不方何處尋？空憑尺素寄幽恨，縱有綠綺誰知音？愁來只欲掩屏睡，無奈夢斷聞疎砧。原註：古樂府：「安得雙車輪，一夜生四角。」唐人詩云：「長安塵土中，馬蹄圓重重。郎馬蹄不方，何處認郎蹤。」

御批——清便宛轉，別成風調，視范成大作，奚啻「牀上下」之別？

送客至江上

多事經旬不出城，今朝送客此閑行。郊外遠帶新晴色，人語中含樂歲聲。天際斂雲山盡出，江流收漲水初平。故園社友應惆悵，五歲無端棄耦耕。

御批——如此頷聯，較之「繞郭烟嵐」「滿山樓閣」以相誇耀者，獨有雅人深致。

九月十六日夜，夢駐軍河外，遣使招降諸城，覺而有作

殺氣昏昏橫塞上，東並黃河開玉帳。晝飛羽檄下列城，夜脫貂裘撫降將。將軍櫪上汗血馬，猛士腰間虎文韔。階前白刃明如霜，門外長戟森相向。朔風卷地吹急雪，轉盼

玉花深一丈。誰言鐵衣冷徹骨？感義懷恩如挾纊。腥臊窟穴一洗空，太行北嶽原無恙。更呼斗酒作長歌，要遣天山健兒唱。

成都行

倚錦瑟，擊玉壺，吳中狂士遊成都。成都海棠十萬株，繁華盛麗天下無。青絲金絡白雪駒，日斜馳遣迎名姝。燕脂褪盡見玉膚，綠鬟半脱嬌不梳。吳綾便面對客書，斜行小草密復疎。墨君秀潤瘦不枯，風枝雨葉筆筆殊。月浸羅襪清夜徂，滿身花影醉索扶。東來此歡墮空虛，坐悲新霜點鬢鬚。易求合浦千斛珠，難覓錦江雙鯉魚。

御批——一結見意，詩體如是。

初寒

江路常逢雨，山城早得寒。蘭凋初解佩，菊老尚加餐。原註：嘉陽有崇蘭，以八九月盛開。節物知何負，情懷自鮮歡。浮生看已熟，不必夢邯鄲。

木山

枯楠千載遭風雷，披枝折幹吁可哀。輪囷無用天所赦，秋水初落浮江來。嵌空宛轉若耳鼻，峭瘦拔起何崔嵬。珠宫貝闕留不得，忽出洲渚知誰推。書窗正對雲洞啟，棐菊初傍幽篁栽。是間著汝頗宜稱，摩挲朝莫真千回。天公解事雨十日，洗盡泥滓滋莓苔。一邱一壑吾所許，不須更慕明堂材。

十月一日浮橋成，以故事宴客凌雲

陰風吹雨白晝昏，誰掃雲霧升朝暾。三江水縮獻洲渚，九頂秀色欲塞門。西山下竹十萬箇，江面便可馳車轅。巷無居人亦何怪，釋耒來看空山村。《竹枝》宛轉秋猿苦，桑落瀲灧春泉渾。衆賓共醉忘燭跋，一徑却下緣雲根。走沙人語若潮卷，爭橋炬火如星繁。肩輿睡兀到東郭，空有醉墨留衫痕。十年萬事俱變滅，點檢自覺惟身存。寒燈夜永照耿耿，臥賦長句招羈魂。

觀大散關圖有感

上馬擊狂胡，下馬草軍書。二十抱此志，五十猶癯儒。大散陳倉間，山川鬱盤紆。勁氣鍾義士，可與共壯圖。坡陁咸陽城，秦漢之故都。王氣浮夕靄，宮室生春蕪。

安得從王師，汛掃迎皇輿。黄河與函谷，四海通舟車。士馬發燕趙，布帛來青徐。先當營七廟，次第畫九衢。偏師縛可汗，傾都觀受俘。上壽大安宫，復如正觀初。丈夫畢此願，死與螻蟻殊。志大浩無期，醉膽空滿軀。

御批——忠憤蟠鬱，自然形見，無意於工而自工。

卷之二

卷之十

十月十九日與客飲，忽記去年此時自錦屏歸山南道中小獵，今又將去此矣

去年縱獵韓壇側，玉鞭自探南山雪。今年痛飲蜀江邊，金盃却吸峩眉月。《竹枝》歌舞新教成，凄怨傳得三巴聲。城頭築觀出雲雨，峨眉正與闌干平。酒酣詩就擲盃去，醉蹋玻璃江上路。懸知幽磵斷橋邊，已有梅花開半樹。

長門怨

寒風號有聲，寒日慘無暉。空房不敢恨，但懷歲莫悲。今年選後宫，連娟千蛾眉。早知獲譴速，悔不承恩遲。聲當徹九天，淚當達九泉。死猶復見思，生當長棄捐。

御批——忠厚悱惻，深於言怨。

斷碑歎

原註：興元姚節度園，以折碑爲石筍，文猶可識，蓋梁蕭懿墓碑，簡文爲太子時撰，書法遒美可愛。

二蕭同起南蘭陵，正如文叔與伯升。至今人悲大蕭死，齋恨不見梁家興。崇崇之陵久爲谷，豈惟羣盜分珠玉？斷碑槎牙棄道邊，文字班班猶可讀。剝剜苔蘚一悽然，俯仰人間幾變遷。世人作碑君勿哂，千載園林湏石筍。

御批——簡峭。

蜀酒歌

漢州鵝黄鸞鳳雛，不鷙不搏德有餘。眉州玻璃天馬駒，出門已無萬里塗。病夫少年夢清都，曾賜虛皇碧琳腴。文德殿門晨奏書，歸局黄封羅百壺。十年流落狂不除，遍走人間尋酒壚。青絲玉瓶到處酤，鵝黄玻璃一滴無。安得豪士致連車，倒瓶不用盃與盂。琵琶如雷聒坐隅，不愁渴死老相如。

醉後草書歌詩戲作

朱樓矯首隘八荒，綠酒一舉累百觴。洗我堆阜峥嶸之胸次，寫為淋漓放縱之詞章。墨瀋初若鬼神怒，字瘦忽作蛟螭僵。寶刀出匣揮雪刃，大舸破浪馳風檣。紙窮擲筆霹靂響，婦女驚走兒童藏。往時草檄喻西域，颯颯聲動中書堂。原註：余嘗草丞相魯公以下與夏國主書於政事堂。一收朝迹忽十載，西掠三巴窮夜郎。山川荒絕風俗異，賴有美酒猶能狂。醉中自脱頭上幘，綠髮未許侵微霜。人生得喪良細事，孰謂老大多悲傷？

御批——醉墨淋漓，暢然滿志，忽移商調，凄焉改色矣。柴升所謂「浸淫奔放於詞翰之中，以遂其放浪蕭散不溺不淄之概」者，取諸此也。

十二月初一日，得梅一枝，絶奇，戲作長句。今年於是四賦此花矣

高標已壓萬花羣，尚恐嬌春習氣存。月兎擣霜供换骨，湘娥鼓瑟爲招魂。孤城小驛初飛雪，斷角殘鐘半掩門。畫意端相終有恨，夜寒皴玉倩誰温。

御批　梅花詩最爲難工，中四語頗有逸致。

十二月十一日視築隄

江水來自蠻夷中，五月六月聲摩空。巨魚穹龜牙鬚雄，欲取闤市爲龍宫。横隄百丈卧霽虹，始誰築此東平公。今年樂哉適歲豐，吏不相倚勇赴功。西山大竹織萬籠，船舸載石來無窮。横陳屹立相叠重，置力尤在水廟東。我登高原相其衝，一盾可受百箭攻。蜿蜿其長高隆隆，截如長城限羌戎。安得椽筆記始終，揷江石崖堅可礲。

遊修覺寺

上盡蒼崖百級梯，詩囊香椀手親携。山從飛鳥行邊出，天向平蕪盡處低。花落忽驚春事晚，樓高剩覺客魂迷。與闌掃塌禪房卧，清夢還應到剡溪。

集評

潘問奇曰：第三句真登臨妙語。

祖應世曰：曲江有「一水雲際飛」之句，竟陵評云：「若入俗手定作『一雲水際飛』矣。」此領聯若作「鳥從山邊出」，更有何味？

塞上曲

三尺鐵如意，一枝玉馬鞭。笑把出門去，萬里行無前。當道何崔嵬，云是玉門關。

方當置屯守，征人何時還？馬色如雜花，鎧光若流水。肅肅不敢譁，遙望但塵起。

日落戍火青，煙重塞垣紫。回首五湖秋，西風開芡觜。

御批——蟠奇氣於簡古，著鮮華於老健，不徒作悲涼語，氣體絕似太白。

苦筍

藜藿盤中忽眼明，騈頭脫襁白玉嬰。極知耿介種性別，苦節乃與生俱生。我見魏徵殊嫵媚，約束兒童勿多取。人才自古要養成，放使干霄戰風雨。

考證——周密曰：世傳涪翁喜苦筍，嘗從斌老乞苦筍，詩云：「南園苦筍味勝肉，籜龍稱冤莫採錄。煩君更致蒼玉束，明日風雨吹成竹。」嘗賦苦筍云：「苦而有味，如忠諫之可活國。」放翁又從而獎之云：「我見魏徵殊嫵媚，約束兒童勿多取。」於是，世以諫筍目之。殊不知翁嘗自跋云：「余生長江南，里人喜食苦筍。試取而嘗之，氣苦不可於鼻，味苦不可於口。故嘗屏之，未始為客一設。及來黔中，黔人各掘苦筍，萌於土中才一寸許，味如蜜蔗，初春則不食，惟僰道人食。苦筍四寸餘，曰出土尺餘，味猶甘苦相半。」以此觀之，涪翁所食，乃取其甘，非貴於苦也。

月下作

畏暑不巾襪，步月揷短笻。瘦身髮鬅鬙，顧影如孤松。徑幽螢閙闘，池漲魚噞喁。飛泉穿壯垣，珠玉相撞舂。東湖更奇絶，百畝銀初鎔。但能抱琴往，絶恨欠鶴從。重露傾荷盤，微風墮芙蓉。歡言美清夜，縹緲吹疎鐘。空中飛僊人，粲然氷雪容。笑我老塵世，不記瑶臺逢。

御批——清麗。寄意處，妙無迹相。

過大蓬嶺度繩橋至杜秀才山莊

度筰臨千仞，梯山躡半空。濕雲朝暮雨，陰壑古今風。亭觀參差見，闌干詰曲通。柳空叢篠出，松偃翠蘿蒙。負籠銀釵女，鉏畚鶴髮翁。何由有餘俸，小築此山中。

東湖新竹

插棘編籬謹護持，養成寒碧映淪漪。清風掠地秋先到，赤日行天午不知。解籜時聞聲簌簌，放梢初見葉離離。官閑我欲頻來此，枕簟仍教到處隨。

御批——集中詩類此者頗多，往往膾炙人口。然頷聯不過斷句工巧，作者佳處，殊不在此。今擇其華淨少累者存之，以備一體，其有句無篇者汰之。若矜尚字句之巧，以爲得放翁家法，所謂徽之之識砥砆耳。

夏日湖上

烏帽筇枝散客愁，不妨胥吏雜沙鷗。迎風枕簟平欺暑，近水簾櫳探借秋。茶竈遠從林下見，釣筒常向月中收。江湖四十餘年夢，豈信人間有蜀州。

同何元立賞荷花，追懷鏡湖舊遊

少狂欺酒氣吐虹，一笑未了千觴空。凉堂下簾人似玉，月色泠泠透湘竹。三更畫船穿藕花，花爲四壁船爲家。不須更踏花底藕，但嗅花香已無酒。花深不見畫船行，天風空吹《白紵》聲。雙槳歸來弄湖水，往往湖邊人已起。即今憔悴不堪論，賴有何郎共此尊。紅緑踈踈君勿歎，漢嘉去歲無荷看。

怡齋

東湖仲夏草樹荒，屋古無人亭午凉。萱房微呀不見日，筍籜自解時吹香。野藤蟠屈入窗罅，濕菌扶踈生屋梁。跨溝數椽最幽翳，漲水及檻雨敗墻。靜涵青蘋舞藻荇，閑立白鷺浮鴛鴦。芙渠雖瘦亦瀰漫，照眼翠葢遮紅妝。水紋枕簟欲卷却，團團素扇嬾復將。天風忽送璫鈴語，喚覺清夢遊瀟湘。

龍湫歌

環湫巨木老不花，淵淪千尺龍所家。爪痕入木欲數寸，觀者心掉不敢譁。去年大旱綿千里，禾不立苗麥垂死。林神社鬼無柰何，老龍欠伸徐一起。隆隆之雷浩浩風，倒卷江水傾虛空。鱗間出火作飛電，金蛇夜掣層雲中。明朝父老來賽雨，大巫吹簫小巫舞。

祠門人散月娟娟，龍歸抱珠湫底眠。

御批——「須臾慰滿三農望，斂却神功寂若無」，此詩亦有其意。

蒸暑思梁州述懷

宣和之末予始生，遭亂不及遊司并。從軍梁州亦少慰，土脉深厚泉流清。季秋嶺谷浩積雪，二月草木初抽萌。夏中高凉最可喜，不省舉手驅蚊蝱。藏氷一出賣滿市，玉璞堆積寒崢嶸。柳陰夜卧千駟馬，沙上露宿連營兵。胡笳吹墮漾水月，烽燧傳到山南城。最思出甲戍秦隴，戈戟徹夜相摩聲。兩年劍南走塵土，肺熱煩促無時平。荒池昏夜蛙閣閣，食案白日蠅營營。何時王師自天下，雷雨澒洞收欃槍。老生衰病畏暑濕，思卜鄠杜開柴荆。

古意

紲足飼飢鷹，鷹飽意未平。伏櫪豈不安？老驥終悲鳴。士生固欲達，又懼徒富貴。素願有未伸，五鼎澹無味。茆屋秋雨漏，稻陂春水深。長歌傾濁酒，舉世不知心。

御批——身分極高，語亦落落入古。

寓驛舍

原註：予三至成都，皆館於是。

閒坊古驛掩朱扉，又憩空堂綻客衣。九萬里中鯤自化，一千年外鶴仍歸。遶庭數竹饒新筍，解帶量松長舊圍。惟有壁間詩句在，暗塵殘墨兩依依。

題宇文子友所藏薛公鶴

仙人騏驥絶世稀，卵生凡禽似而非。宫保妙筆窮化機，縞衣元裳真令威。千年華表聊一歸，回首幸脱棄軒譏。喙吞不恨菰米微，從吾曹遊安得肥？

晨至湖上

園古逢秋好，身閑與嬾宜。空堂賞踈豁，重閣望參差。竹粉有新意，松風含古姿。低回慙禄米，官事少於詩。

聽琴

踈簾曲檻蘋風涼，細腰美人耦絲裳。緑膝水紋穿矮牀，玉指纖纖彈《履霜》。高林鶯囀日正長，幽澗泉鳴夜未央。哀思不怨和而莊，有齊淑女禮自防。世人但惑青樓倡，琵琶箜篌雜胡羌。試聽一曲醒汝狂，文姬指法傳中郎。

御批——於韓、歐、蘇、黃諸家外，自樹一幟，泠泠清音，欲滿人耳，視諸子正未肯作鄁莒。

龍眠畫馬

國家一從失西陲，年年買馬西南夷。瘴鄉所產非權奇，邊頭歲入幾番皮。崔嵬瘦骨帶火印，離立欲不禁風吹。圉人太僕空列位，龍媒汗血來何時？李公太平官京師，立仗慣見渥洼姿。斷縑歲久墨色暗，逸氣尚若不可羈。貴奇好古自一癖，感事憂國空餘悲。嗚呼！安得毛骨若此三千匹，銜枚夜度桑乾磧？

考證——《文集·跋韓幹馬》：大駕南幸將十八年，秦兵洮馬不復可見，志士所共歎也。觀此畫使人作關輔河渭之夢，殆欲霣涕矣。

山中得長句，戲呈周輔并簡朱縣丞

鶴鳴山空無鶴來，青霞嶂深天壁開。千巖角逐互吞吐，一峰拔起矜崔嵬。日光微漏潭見底，原註：青霞嶂、碧玉潭，皆霧中佳處。水氣上溥雲成堆。幽禽飛鳴報客至，奇樹璀璨知誰栽。花藤怪蔓白晝暗，犇猿落狖無時衰。路窮尚躡一千級，忽見窑竹藏樓臺。共言神僧昔住此，至今光景如天台。搘笻負笠出復沒，喜動婦人驚提孩。高人何至作狡獪，無乃翫世聊相詼。不然學道窮賣際，詎捨正大崇奇瑰？儒林丈人學擅世，餘事尚壓蔡與崔。名山未死可再到，此士一失難重陪。贊府摘山事如織，擺撥領客何奇哉！境幽神愴不可住，歸倩玉手傳金杯。原註：朱君有侍兒許為客出。

考證——《唐書·劉建鋒傳》：高郁教馬殷，教民得自摘山收茗算，募高户置邸閣居茗。

長歌行

人生不作安期生，醉入東海騎長鯨。猶當出作李西平，手梟逆賊清舊京。金印煌煌未入手，白髮種種來無情。成都古寺卧秋晚，落日偏傍僧窗明。豈其馬上破賊手，哦詩長作寒螿鳴。興來買盡市橋酒，大車磊落堆長缾。哀絲豪竹助劇飲，如鉅野受黄河傾。平時一滴不入口，意氣頓使千人驚。國讎未報壯士老，匣中寶劍夜有聲。何當凱還宴將士，三更雪壓飛狐城。

遊三井觀

三井久知名，暇日偶一訪。棟宇壞欲盡，基址尚閎壯。畫牆皆國工，煙雲儼天伏。旌旄亞戈戟，佩玉雜弓韔。太古實傑作，筆落九天上。吳生名擅世，睥睨未肯讓。規模遠有考，意象豪不放。最奇老癯仙，骨立神愈王。石恪雖少怪，用筆亦跌宕。兩姝澹蛾眉，非復火食狀。塵埃久侵蝕，風雨無蓋障。好事未易逢，寧能久亡恙？雍洛劫火餘，妙迹盡凋喪。斯遊恐難繼，佇立增悄愴。

御批——因畫生慨，妙得子美家法，筆力樸堅，亦復相近。

臨別成都，帳飲萬里橋，贈譚德稱

成都城南萬里橋，蘆根蘋末風蕭蕭。蕭映花碾草鈿車小，駐坡蕎澗青驄驕。入門翠徑絕

窈窕，臨水飛觀何岧嶤。判無功名著不朽，惟仗詩酒寬亡聊。迎霜早已足雉兎，微冷便欲思狐貂。喜看縷膾映盤箸，恨欠斫蟹加橙椒。坐中譚侯天下士，龍馬毛骨矜超遥。烏犀白紵謫僊樣，但可邂逅不可招。今年一戰醎餘子，風送六翮淩青霄。美人再拜乞利市，醉墨飛落生鮫綃。我衰於世百無用，十年不趂含元朝。華纓肯傍蕭颯鬢，寶帶那東龍鍾腰。祝君好去事明主，日望分喜來漁樵。遊談引類亦細事，寄酒且解相如消。

丈人觀

黃金篆書扁朱門，夾道巨竹屯蒼雲。崖嶺劃若天地分，千柱眈眈壓其垠。纓冠肅謁丈人君，廣殿空庭吹寶熏。摩挲畫橋手為皴，異哉山菟與土獖。物怪醫鬐冠卬墳，仙人佩玉雜帨帉。手整貂冠最不羣，欲去不忍恨日曛。道翁采藥晝夜勤，松根茯苓獲兼斤。人之植立彊骨觔，狗杞羣吠聲狺狺。山爐小甑吹幽芬，朱顏不飲常自醺。我亦宿誦五千文，一念之差隨世紛。逝將從翁走如麋，隱書秘訣何由聞。

御批——硬語排奡，自見妥帖。

考證——本集七律自註《丈人觀》：孫太古畫范長生，作舉手整貂蟬像，神氣尤奇逸。

儲福觀

原註：唐玉真公主修真之地。

路轉屏風疊，雲藏帝子家。窮幽行犖确，息倦倚槎牙。綠蘚封茶樹，清霜折藥花。
世無勾漏令，誰此養丹砂？

御批——不少新色，亦逼唐調。

離堆伏龍祠觀孫太古畫英惠王像

岷山導江書《禹貢》，江流蹴山山為動。嗚乎秦守信豪傑，千年遺跡人猶誦。決江一支溉數州，至今禾黍連雲種。孫翁下筆開生面，岌嶪高冠摩屋棟。徙木遺風雖峭刻，取材尚足當世用。寥寥後世豈乏人，尺寸未施讒已衆。要官無責空賦禄，軒蓋傳呼真一閧。奇勳偉績曠世無，仁人志士臨風慟。我游故祠九頓首，夜遇神君了非夢。披雲擊電從天來，赤手騎鯨不施鞚。

御批——以騷人之才，發志士之感。「獨立蒼茫自詠詩」，正使生平蘊結，藉此一攄。

登瀼口廟東大樓觀岷江雪山

我生不識栢梁建章之宫殿，安得峩冠侍遊宴？又不及身在滎陽京索間，擐甲横戈夜酣戰。胷中廹隘思遠遊，泝江來倚岷山樓。千年雪嶺闌邊出，萬里雲濤坐上浮。禹迹茫茫始江漢，疏鑿功當九州。半丈夫生世要如此，齎志空死能無歎？白髮蕭條吹北風，手持卮酒酹江中。姓名未死終磊磊，要與此江東注海。

平羌道中望峨眉山，慨然有作

白雲如玉城，翠嶺出其上。異境忽墮前，心目久蕩漾。別來二百日，突兀喜無恙。飛僊遥舉手，喚我一稅鞅。此行豈或使，屏迹事幽曠。何必故山歸，更破萬里浪。

集評——王士正曰：九盤山臨青衣江，遥望大峨，秀出天半，雲嵐萬狀，積雪晶然；中峨如傴僂；少峨如拱揖。北來諸山，蜿蜒起伏，爭趨峨下。放翁詩：「白雲如玉城，翠嶺出其上。異境忽墮前，心目久蕩漾。」身未到此，不知語意之工。

次韻何元立都曹贈行 原註：元立用陳後山送蘇公詩韻。

嘉榮東西川，此別不為遠。徘徊凌雲守，決去未遽忍。登高望故人，煙樹參差見。懸知今日夢，不隔重城鍵。平生相從意，百年有未渻。結巢青城雲，期子在歲晚。

御批——澄澹入古。

初到榮州

亂山缺處城樓呀，雙旗蕭蕭晚吹笳。煙深綠桂臨絕壑，霜落殘瀨鳴寒沙。廢臺已無隱士嘯，遺宅尚有高人家。鈴齋下榻約僧話，松陰枕石放吏衙。盃羹最珍慈竹筍，缾水自養山薑花。地爐堆獸熾石炭，瓦鼎號蚓煎秋茶。少年遠遊無百里，一飢能使行天涯。豈惟慣見蓬婆雪，直恐遂泛星河槎。故巢肯作兒女戀，異境會向鄉閭誇。一盃徑醉幘自墮，燈下髮影看鬖髿。

醉中懷眉山舊遊

勁酒少和氣，哀歌無歡情。故鄉不敢思，登高望錦城。錦城那得去，髣髴蟇頤路。遥知尊前人，指我題詩處。我雖流落夜郎天，遇酒能狂似少年。想見東郊携手日，海棠如雪柳飛綿。原註：漢嘉術者袁牧童謂予明年春分後當還西州。

御批——如瓶瀉水，如珠走盤，想見酒間揮灑之樂。

齋中夜坐有感

荒山為城溪作壕，風鼓巨木聲翻濤。鵂鶹乘屋彈不去，狐狸欺人怒豎毛。雨來紅鶴吏

可惡，爭巢一似嬰兒號。城孤屋老草木茂，正坐人少此輩豪。急呼五百具畚鍤，欲撅窟穴窮腥臊。忽然語罷却自笑，殘年何至與汝鏖。浣花江色緑如黛，春波灧灧浮輕舠。行當繫纜柳陰下，仰聽鶯語傾香醪。

晚登横溪閣

樓鼓聲中日又斜，憑高愈覺在天涯。空桑客土生秋草，野渡虚舟集晚鴉。瘴霧不開連六詔，俚歌相答帶三巴。故鄉可望應添淚，莫恨雲山萬疊遮。

御批——淒其欲絶，哀厲彌長，被之歌喉，可以繞梁三日。

高齋小飲戲作

梅花又發鬼門關，坐覺春風萬里寬。荔子陰中時縱酒，《竹枝》聲裏強追歡。丁年漢使殊方老，《子夜》吳歌昨夢殘。白帝夜郎俱不惡，兩公補處得憑欄。原註：予五年間自夔客榮。

太液黃鵠歌 有引

引——漢始元元年春二月，黃鵠下建章宮太液池中，公卿上壽，賜諸侯王、列侯、宗室金錢。予夜讀《漢書》，追作歌一首。

建章宮裏春風寒，太液水生池面寬。中人馳奏黃鵠下，龍旗豹尾臨池看。芹香藻暖鵠得意，左右從官呼萬歲。須臾傳詔宴公卿，歡聲如雷動天地。時平宮省遊樂多，黃鵠刷羽涵恩波。小臣珥筆龍墀下，願繼前朝《天馬歌》。

御批——託興深遠。「承靈威兮障外國」，猶是「夜渡桑乾」之意。

夜聞浣花江聲甚壯

浣花之東當笮橋，奔牛齧橋橋為搖。分洪初疑兩蛟舞，觸石散作千珠跳。壯聲每挾雷雨横，巨勢潜借黿鼉驕。夢回聞之坐太息，鐵衣何日東征遼。銜枚度磧沙颯颯，槊斷隴風蕭蕭。不然投檄徑歸去，短蓬卧聽錢塘潮。

謁諸葛丞相廟原註：彌牟八陣原上。

漢終四百天所命，老賊方持太阿柄。區區梁益豈足支？不忍安坐觀異姓。遺民亦知王室在，閏位那干天統正？公雖已没有神靈，猶假賊手誅鍾鄧。前年我過沔陽祠，再拜奠俎衰淚迸。潔齋請作送迎詩，精忠大義神其聽。

御批——能道孔明心事，辭意警絶，善於包舉。

醉中長歌

闌干斗柄摇天東，人間一夜回春風。注桃染柳歲相似，惟我衰顔非昔紅。可憐逢春不自感，更欲使氣驚兒童。烟郊射雉錦臆碎，水亭供膾金盤空。歸穿南市萬人看，流星突過連錢驄。高樓作歌醉自寫，墨光燭焰交長虹。人生未死貴適意，萬里作客原非窮。故人夜直金鑾殿，偃卧獨聽宮門鐘。

春感

少時狂走西復東，銀鞍駿馬馳如風。眼看春去不復惜，只道歲月來無窮。初遊漢中亦未覺，一飲尚可傾千鍾。叉魚狼籍漾水濁，獵虎蹴蹋南山空。射堋命中萬人看，毬門對植雙旗紅。華堂却來弄筆硯，新詩醉草誇坐中。劍閣南山纔幾日，壯氣摧縮成衰翁。

雪霜蕭颯已滿鬢，蛟龍虧屈空蟠胸。隣園杏花忽爛熳，推枕强起隨遊蜂。遶看百匝幾嘆息，吹紅洗綠行忽忽。莫年逢春尚有幾？常恐春去尋無踪。青銅三百尚可辦，且判爛醉酤郫筒。

花時遍遊諸家園

宣華無樹著啼鶯，惟有摩訶春水生。故老能言當日事，直將宮錦裹宮城。

御批——於海棠寓荒淫之警，獨有深味。

題明皇幸蜀圖

天寶政事何披猖，使典相國胡奴王。弄權楊李不足怪，阿瞞手自裂紀綱。八姨富貴尚有理，何至詔書褒五郎？原註：天寶末下詔雪張易之兄弟。盧龍賊騎已洶洶，丹鳳神語猶琅琅。人知大勢危纍卵，天稔奇禍如崩牆。臺省諸公獨耐事，歌詠功德卑虞唐。一朝殺氣橫天末，疋馬西奔幾不脫。向來諂子知幾人，賊前稱臣草間活。劍南萬里望秦天，行殿春寒聞杜鵑。老臣九齡不可作，魚蠹蛛絲《金鑑篇》。

御批——筆墨老橫，有如高才大纛，堂堂正正，摧堅而折銳，一結尤得立言之旨。

春殘

石鏡山前送落暉，春殘回首倍依依。時平壯士無功老，鄉遠征人有夢歸。苜蓿苗侵官道合，蕪菁花入麥畦稀。倦遊自笑摧頹甚，誰記飛鷹醉打圍？

集評——盧世㴶曰：項聯有髀肉復生之慨。

對酒

閑愁如飛雪，入酒即消融。好花如故人，一笑盃自空。流鶯有情亦念我，柳邊盡日啼春風。長安不到十四載，酒徒往往成衰翁。九環寶帶光照地，不如留君雙頰紅。

遊圓覺、乾明、祥符三院至暮

成都再見春事殘，雖名閑官實不閑。門前車馬鬧如市，案上文檄高於山。有時投罅輒徑出，略似齊客偷秦關。日斜僕夫已整駕，顧景欲駐愁嘲訕。豈知今朝有此樂，放浪一笑開衰顏。抽身黃塵烏帽底，得意翠木清泉間。褰裳危磴窮犖确，洗耳古澗聽淙潺。豈惟頓覺宇宙廣，政爾一散腰脚頑。似聞青城縹緲處，待我歸綴仙官班。俊鷹解絛即萬里，豈比倦翼方知還。

食薺

小著鹽醯助滋味，微加薑桂發精神。風爐歙鉢窮家活，妙訣何曾肯授人。

御批——小有風致。

幽居晚興

借鉏斸藥喜微香，汲井澆花趁晚涼。胸次何曾横一物，尊前尚欲笑千場。錦江秋雨芙蓉老，笠澤春風杜若芳。歸去自佳留亦樂，夢中何處是吾鄉？

御批——行雲流水之趣，眼前語頗能道出。

書歎

三代藏寶器，世守參河圖。埋湮則已矣，可使列市區？文章有廢興，蓋與治亂符。
慶歷嘉祐間，和氣扇大鑪。數公實主盟，渾灝配典謨。開闢始歐王，菑畬逮曾蘇。
大駕初渡江，中原皆避胡。吾猶及故老，清夜陪坐隅。論文有脈絡，千古著不誣。
俯仰四十年，緑髮霜蓬枯。孤生尊所聞，秉節不敢渝。久幽士固有，逮隽理則無。
世方亂珉玉，吾其老江湖。

御批——文章與時隆汙，自古而然。後生小子偭規矩而改錯，豈知老成之有淵源耶？太白歎「大雅久不作」，少陵云「文章千古事」，高情遠識，可以並讀。

考證——《文集·答邢司户書》：近時頗有不利場屋者，退而組織古語，剽裂奇字，大書深刻，以眩世俗，讀之使人面熱。此等果可言文章乎？如唐韓氏、柳氏，吾宋歐氏、王氏、蘇氏，以文章擅天下者，徒以在場屋時苦心耗力，凡陳言淺説之可病者，已知厭棄。如都市之玉工，珉玉雜治，積日既久，望而識之矣。一旦取荆山之璞，以爲黄琮蒼璧萬乘之寶，珉豈可復欺耶？凡今不利場屋而名古之文者，往往未嘗識珉者也，又安知玉哉！

月下醉題

黄鵠飛鳴未免飢，此身自笑欲何之。閉門種菜英雄老，彈鋏思魚富貴遲。生擬入山隨李廣，死當穿塚近要離。一樽强醉南樓月，感慨長吟恐過悲。

集評——盧世㴶曰：三、四自是壯語。

銅壺閣望月

銅壺閣上看明月，身在千尋白銀闕。十年肺渴今夕平，皓然胸次堆冰雪。恨無仙掌出雲表，更取墜露和玉屑。夜闌三歎下危梯，明日人間大雲熱。

夜宴即席作

宣華輦路牧牛羊，摩訶龍池草茫茫。宮殿犁盡餘繚牆，南風遠吹禾黍香。草間白骨橫秋霜，何由喚起醻一觴？癡人走死聲利場，我獨感此惜流光。蘋花開時風榭涼，美人縹緲如鸞翔。堯年舜日樂未央，非子之故為誰狂？

芳華樓夜宴

射虎將軍老不侯，尚能豪縱醉江樓。笙歌雜沓娛清夜，風露高寒接素秋。少日壯心輕玉塞，暮年幽夢墮滄洲。人間清絕沅湘路，常笑靈均作許愁。

歲晚

歲晚城隅車馬稀，偷閑聊得掩荆扉。征蓬滿野風霜苦，多稼連雲雁鶩肥。報國有心空自信，結茅無地竟安歸。浣花道上人誰識？華表千年老令威。

御批　頷聯真風人語，歎惋無盡，妙有含蓄。

數日寒頓減，頗有春意，感懷賦短歌

微陰寒不力，破臘春晴動。林梢報梅白，水際聞鳥哢。羈鴻漸整翮，一一勞目送。應憐飛蓬客，猶作浣花夢。平生江淮間，裘馬事豪縱。豈知老畏死，齋鉢受蔬供。

忍饑每自笑，小飲未敢痛。何以慰寂寥，卧聽壓春甕。

梅花

冰崖雪谷木未芽，造物破荒開此花。神全形枯近有道，意莊色正知無衰。高堅政要飽憂患，放棄何遽愁荒遐。移根上苑亦過計，竹籬茅屋真吾家。平生自嫌亦自許，妙處可識不可誇。金尊翠杓未免俗，篝火為試江南茶。

御批——另開生面，全是寓言。

萬里橋江上習射

坡隴如濤東北傾，胡牀看射及春晴。風和漸減雕弓力，野迥遥聞羽箭聲。天上欃槍端可落，草間狐兔不須驚。丈夫未死誰能料，一笴他年下百城。

出塞曲

佩刀一刺山為開，壯士大呼城為摧。三軍甲馬不知數，但見動地銀山來。長戈逐虎祁連北，馬前曳來血丹臆。却回射雁鴨緑江，箭飛雁起連雲黑。清泉茂草下程時，野帳牛酒爭淋漓。不學京都貴公子，唾壺麈尾事兒嬉。

偶過浣花感舊遊戲作

憶昔初為錦城客，醉騎駿馬桃花色。玉人攜手上江樓，一笑鈎簾賞微雪。寶釵換酒忽徑去，三日樓中香未滅。市人不識呼酒仙，異事驚傳一城説。至今西壁餘小草，過眼

年光如電掣。正月錦江春水生，花枝缺處小舟横。閑倚胡牀吹玉笛，東風十里斷腸聲。

樓上醉書

丈夫不虚生世間，本意滅虜收河山。豈知蹭蹬不稱意，八年梁益凋朱顔。三更撫枕忽大呌，夢中奪得松亭關。中原機會嗟屢失，明日茵席留餘潸。益州官樓酒如海，我來解旗論日買。酒酣博簺爲歡娱，信手梟盧喝成采。牛背爛爛電目光，狂殺自謂元非狂。故都九廟臣敢忘，祖宗神靈在帝旁。

御批——縱筆直書，却有沈鬱頓挫之妙。范成大贈游云：「高興餘飛動，孤忠有照臨。」非虚語也。

初春出遊

春風初來滿刀州，江水照人如潑油。犢車芳草南陌頭，家家傾貲事遨遊。萬里橋西繫黄騮，爲君一登散花樓。半年長齋廢觥籌，興來忽典千金裘。小桃婀娜弄芳柔，紅蘭茁芽滿春洲。壚邊女兒不解愁，鬭草纔罷還藏鈎。可憐世人自拘囚，盎中乾坤舞蜉蝣。百年苦短去日遒，問君安用萬户侯。

張園海棠

洛陽春信久不通，姚魏開落胡塵中。揚州千葉昔曾見，已歎造化無餘功。西來始見海棠盛，成都第一推燕宫。池臺掃除凡木盡，天地眩轉花光紅。慶雲墮空不飛去，時有絳雪縈微風。蜂蝶成團出無路，我亦狂走迷西東。此園低樹猶三丈，錦繡却在青天上。

不須更着刀尺裁，乞與齊奴開步障。

御批——不著凡語，爲海棠生色。從來咏海棠者多矣，以此爲最。

登劍南西川門感懷

自古高樓傷客情，更堪萬里望吴京。故人不見莫雲合，客子欲歸春水生。瘴癘連年須樂石，退藏無地着柴荆。諸公勉畫平戎策，投老深思看太平。

集評——盧世潅曰：此首極似杜陵，讀者自辨之。

眉州作

扁舟久不泛蓬津，常恐黄塵解污人。爛醉破除千日濾，原註：予不至眉山三年矣。狂吟判斷四州春。

原註：此行自成都歷永康、唐安至眉山。

汀洲漸歎蘋花老，風露初嘗荔子新。便欲騎鯨東海去，勝遊未忍別峩岷。

江樓

急雨洗殘瘴，江邊閑倚樓。日依平野没，水帶斷槎流。擣紙荒村晚，呼牛古巷秋。腐儒憂國意，此際又搔頭。

御批——隨意詠懷，不覺近杜，其由來深矣。

訪楊先輩不遇，因至石室

訪客客已去，追涼成獨行。衣冠嚴漢殿，草木拱秦城。古甃蒼苔滑，空庭落日明。

出門懷懺恍，列屋打碑聲。原註：墻東即石經堂。

感秋

西風繁杵擣征衣，客子關情正此時。萬事從初聊復爾，百年彊半欲何之。畫堂蟋蟀怨清夜，金井梧桐辭故枝。一枕凄涼眠不得，呼燈起作感秋詩。

集評——王士正曰：「王階蟋蟀鬧清夜」四語，小説載此爲蜀中某驛卒女詩，放翁見之納以爲妾，爲夫人所逐。又有《卜算子》詞「不合畫春山，依舊留愁住」云云。按《劒南集》，此詩乃放翁在蜀時所作，本七律。「王階」作「畫堂」，「鬧」作「怨」，後人稍竄易數字，輒傅會，或收入閨秀詩，可笑也。

白鶴館夜坐

竹聲風雨交，松聲波濤翻。我坐白鶴館，燈青無晤言。廓然心境寂，一洗吏卒喧。
袖手哦新詩，清寒愧雄渾。屈宋死千載，誰能起九原？中間李與杜，獨招湘水魂。
自此競摹寫，幾人望其籓？蘭苕看翡翠，煙雨啼青猿。豈知雲海中，九萬擊鵬鵾。
更闌燈欲死，此意與誰論。

御批——此與《書歎》一篇，見此老識力，亦後學良則，所以爲南渡之冠。

南津勝因院亭子

南江平無風，如鏡新拂拭。漁舟不點破，瀲瀲千頃碧。闌干西北角，雲散山爭出。
坡陁競南走，翠入窗户窄。江山不世情，作意娱此客。豈無尊中酒，豪飲非宿昔。

明當還成都，塵土埋馬迹。後巖在眼中，飛去無羽翼。原註：後巖在鳳凰山後七八里，山水尤奇絶。

書寓舍壁

天與癡頑不解愁，未埋病骨且閑遊。山於拄杖横時看，路到芒鞵破處休。初擬燒丹住南嶽，却因學劍客西州。秋風巾褐添蕭爽，又作臨邛十日留。

卷之三

卷之三

西巖翠屏閣

把酒孤亭半日留，西巖獨擅鶴山秋。也知絶境終難賦，且喜閑身得縱遊。鸖起危巢時磔磔，鹿鳴深澗暮呦呦。人生適意方爲樂，甲第朱門秪自囚。

御批——五、六造語幽絶，寂歷之境，宛然在目。

雨中山行至松風亭忽澄霽

煙雨千峰擁髻鬟，忽看青嶂白雲間。卷藏破墨營邱筆，却展將軍著色山。

贈宋道人

我不如昔人騎鶴上九天，玉簡奏事虛皇前。平生嗇養氣麤全，兩脚馳走輕如煙。鳥道懸崖忽飛騫，戲擲短劒聲鏗然。轉眄跳下千仞淵，已復取劒升層巔。騰猿俊鶻爭後先，飢食松花掬飛泉。金骨綠髓漸凝堅，口哦七字《黃庭篇》。西來欲訪挾彈僊，丹經劒訣更精研。嗟哉一失五百年，作詩付子勿妄傳。

獵罷夜飲示獨孤生

白袍如雪寶刀橫，醉上銀鞍身更輕。帖草角鷹掀兔窟，憑風羽箭作鴟鳴。關河可使成南北，豪傑誰堪共死生。欲疏萬言投魏闕，燈前攬筆涕先傾。

御批——直從胸臆流出，如聞撫髀之歎。

秋晚登城北門

幅巾藜杖北城頭，卷地西風滿眼愁。一點烽傳散關信，兩行雁帶杜陵秋。山河興廢供搔首，身世安危入倚樓。橫槊賦詩非復昔，夢魂猶繞古梁州。

御批——神似少陵。

莫秋

時序中年速，風霜客路長。孤愁巴月白，清夢楚山蒼。燈暗秋街壁，鐘疎夜殷床。端居有微禄，不敢恨殊方。

數日暄妍，頗有春意。予閑居，無日不出遊，戲作

小春花蕾索春饒，已有暄風入紫貂。村路雨晴鳩婦喜，射場草綠雉媒驕。苑邊結客飛金勒，樓上誰家弄玉簫。莫怪夕陽歸獨後，早梅喚我度谿橋。原註：蜀宣華苑在摩訶池上。

江樓醉中作

淋漓百榼宴江樓，秉燭揮毫氣尚遒。天上但聞星主酒，人間寧有地埋憂。生希李廣名飛將，死慕劉伶贈醉侯。戲語佳人頻一笑，錦城已是六年留。原註：退之詩云：「越女一笑三年留。」

曳策 原註：遊房園作。

慈竹蕭森拱廢臺，醉歸曳策一徘徊。紛紛落日牛羊下，黯黯長空霰雪來。三峽猿催清淚落，兩京梅傍戰塵開。客懷已是淒涼甚，更聽城頭畫角哀。

御批——觸緒即來，自是此翁忠悃，與杜陵無二，賞其氣之蒼老。

謁漢昭烈、惠陵及諸葛公祠宇

雨止風益豪，雪作雲不動。淒涼漢陵廟，衰草卧翁仲。畫妓空笙竽，土馬闕羈鞚。壞沃黃犢耕，柏寮幽鳥哢。尚想忠武公，身任社稷重。整整渭上營，氣已無岐雍。必須天意定，破賊寧患衆？興亡信有數，星隕事可痛。陵邊四五家，荊竹居接棟。手皸紙上箔，（原註：居民皆以造紙為業。）醅熟酒鳴甕。雖嗟生理微，亦足逭飢凍。劉葛固雄傑，閱世均一夢。論高常近迂，才大本難用。九原不可作，再拜臨風慟。

集評——潘問奇曰：事未必然，聊為孔明吐氣。

大雪歌

原註：累日作雪竟不成，戲賦此篇。

長安城中三日雪，潼關道上行人絕。黃河鐵牛僵不動，承露金盤凍將折。虬鬚豪客狐白裘，夜來醉眠寶釵樓。五更未醒已上馬，衝雪却作南山遊。千年老虎獵不得，一箭橫穿雪皆赤。拏空爭死作雷吼，震動山林裂崖石。曳歸擁路千人觀，髑髏作枕皮蒙鞍。人間壯士有如此，胡不來歸漢天子？

御批——一腔豪氣，千古奇文，覺希逸《雪賦》直是兒女情多，風雲氣少。

訪客至西郊

摵摵敗葉飛，黯黯寒雲低。村墟與市里，觸目一慘悽。今日病體輕，駕言適城西。丹柿滿野店，青帘出江隄。獵騎載雉兎，樵檐懸鶉鷄。居人各自得，使我念故谿。

故谿不敢説，況復朝金閨。傷哉齧雪翁，歲晚猶牧羝。下愚不自還，大惑終身迷。君恩何由報，力耕愧黔黎。

夜寒

清夜焚香讀《楚詞》，寒侵貂褐歎吾衰。輕冰滿研風聲急，忽記山陰夜雪時。

故蜀别苑在成都西南十五六里，梅至多，有兩大樹，夭矯若龍，相傳謂之「梅龍」。予初至蜀，嘗爲作詩，自此，歲常訪之。今復賦一首，丁酉十一月也

昔年曾賦西郊梅，茫茫去日如飛埃。即今衰病百事嬾，陳迹未忘猶一來。蜀王故苑犁已遍，散落尚有千雪堆。朱樓玉殿一夢破，煙蕪牧笛遺民哀。兩龍卧穩不飛去，鱗甲

脱落生莓苔。精神最遇雪月見，氣力苦戰氷霜開。羈臣放士耿獨立，淑姬静女知誰媒。摧傷雖多意愈厲，直與天地爭春回。蒼然老氣壓桃杏，笑我白髮心尚孩。微風故為作嫵媚，一片吹入黄金罍。

御批——詩以言情賦物，而情不至不足以為詩。「羈臣放士耿獨立，淑姬静女知誰媒」，蓋亦黯然自傷矣。

閑意

柴門雖設不曾開，為怕人行損緑苔。妍日漸催春意動，好風時捲市聲來。學經妻問生踈字，嘗酒兒斟瀲灧盃。安得小園寬半畝，黄梅緑李一時栽。

書雨

仲冬候始寒，丙夜天正黑。雨來挾風助，吼擊不遺力。聲如拔高山，勢若伐强國。初憂老栢折，遂恐石筍踣。乾坤本無心，百神各効職。蛟龍鬬歲暮，豪横理莫測。農功幸已成，龍怒亦會息。屋漏何足言，袖手姑默默。

御批　信手拈來，輒成奇語，中間接筆尤為健絕。

暮冬夜宴

官機錦茵金蹙風，舞娃釵墮雙鬟重。寶爐三尺香吐霧，畫燭如椽風不動。主人愛客情無已，箏聲未斷歌聲起。亦知百歲等朝露，便恐一歡成覆水。爐紅酒緑春為回，坐上梅花連夜開。堂前咫尺異氣候，冰合平池霜壓階。

御批——妙於諷諭，風人之遺。

謁石犀廟

閑過石犀祠，登堂一歎欷。江回陵谷變，碑斷市朝非。原註：有王蜀時修廟碑銘。荒圃連寒壠，斜陽映夕霏。興亡俱昨夢，惆悵跨驢歸。

江上散步尋梅，偶得絶句

小南門原註：萬里橋門，一名小南門。外野人家，短短疎籬繚白沙。紅稻不須鸚鵡啄，清霜催放兩三花。

大醉梅花下，走筆賦此

閉門坐歎息，不飲輙千日。忽然酒興生，一醉須一石。擔頭花易老，旗亭酒常窄。出郊索一笑，放浪謝形役。把酒梅花下，不覺日既夕。花香襲襟袂，歌聲上空碧。我亦落烏巾，倚樹吹玉笛。人間奇事少，頗謂三勍敵。酒闌江月上，珠樹挂寒壁。便疑從此僊，朝市長掃迹。醉歸亂一水，頓與異境隔。終當騎梅龍，海上看春色。

原註：梅龍，蓋蜀施中故物也。

御批——風流清興，如在目前。

廣都江上作

微波不摇江，纖雲不行天。我来倚杖立，天水相澄鮮。平遠望不盡，日落自生煙。

梅花耿獨立，雪樹明前川。好風吹我衣，春色已粲然。東村聞酒美，買醉上漁船。

道室夜意

寒泉漱酒醒，午夜誦仙經。茶鼎聲號蚓，香盤火度螢。齋心守元牝，閉目得黄寧。寄語山中友，因人送茯苓。

考證——《黄庭經》：「何不食氣太和精，故能不死入黄寧。」注：即黄庭也。

城南王氏莊尋梅

涸池積槁葉，茆屋圍疏籬。可憐庭中梅，開盡無人知。寂寞終自香，孤貞見幽姿。雪點滿緑苔，零落尚爾奇。我來不須晴，微雨正相宜。臨風兩愁絶，日暮倚筇枝。

御批——骨格不凡。

遊諸葛武侯書臺

沔陽道中草離離，卧龍往矣空遺祠。當時典午稱猾賊，氣喪不敢當王師。定軍山前寒食路，至今人祠丞相墓。松風想像《梁甫吟》，尚憶幡然答三顧。出師一表千載無，遠比管樂蓋有餘。世上俗儒寧辦此，高臺當日讀何書。

御批——警策語，故不在多。

眉州披風榭拜東坡先生遺像

蜿蜒回顧山有情，平鋪十里江無聲。孕奇蓄秀當此地，鬱然千載詩書城。高臺老仙誰

所窩，仰視眉宇寒崢嶸。百年醉魂吹不醒，飄飄風袖笻枝橫。爾來逢迎厭俗子，龍章風姿我眼明。北扉南海均夢耳，謫墮本自白玉京。惜哉畫史未造極，不作散髮騎長鯨。故鄉歸來要有日，安得春江變酒從公傾。

南定樓遇急雨

行遍梁州到益州，今年又作席牖遊。江山重複爭供眼，風雨縱橫亂入樓。人語朱離逢峒獠，棹歌欸乃下吳舟。天涯住穩歸心嬾，登覽茫然却欲愁。

御批——屬對之妙，神韻自然，不可湊泊。

舟中對月

百壺載酒遊淩雲，醉中揮袖别故人。依依向我不忍别，誰似峨嵋半輪月。月窺船窗挂凄冷，欲到渝州酒初醒。江空裊裊釣絲風，人静翩翩葛巾影。哦詩不睡月滿船，清寒入骨我欲仙。人間更漏不到處，時有沙禽背船去。

涪州道中

遠客喜歸路，清遊逾昔聞。雨添山翠重，舟壓浪花分。洛叟經名世，張侯勇冠軍。原註：郡境有伊川先生故居及張翼德祠。懷人不可覿，袖手對爐熏。

北巖原註：有程正叔先生祠堂。

艤船涪州岸，携兒北巖遊。揺櫓横大江，褰裳躡高樓。雨昏山半失，江漲地欲浮。

老矣寧再來，爲作竟日留。烏帽程丈人，閉户本好修。駭機一朝發，議罪至竄投。黨禁久不解，胡塵暗神州。修怨以稔禍，哀哉誰始謀。小人無遠略，所懷在私讐。後來其鑑兹，賦詩識巖幽。

御批——持論嚴正，所見者大。集中如此等作，於君子小人之分，判若黑白，足以觀其所處矣。

忠州禹廟

古郡巴蠻國，空山夏禹祠。鴉歸暗庭柏，巫拜薦江蘺。草蔓青緣壁，苔痕紫滿碑。欲歸頻悵望，回棹夕陽時。

御批——雖非「橘柚」「龍蛇」之比，亦老氣無敵。

龍興寺弔少陵先生寓居

中原草草失承平，戍火胡塵到兩京。扈蹕老臣身萬里，天寒來此聽江聲。

御批——雙管齊下，一寫兩枝。

集評——張完臣曰：「艸艸」二字，狀盡衰世景象，謂之咏少陵可，謂之自咏亦可。

遊萬州岑公洞

原註：岑公，隋時人，居此二十年，得道仙去。

大業征遼發閭左，軍興書檄煎膏火。此時也復有閒人，自引巖泉拾山果。後六百歲吾來遊，洞中正夏凄如秋。乳石床平可坐卧，水作珠簾月作鈎。十年神遊八極表，浮名坐覺秋豪小。試問岑公迎我不？鶴飛忽下青松杪。

萬州放船過下巖小留

畫船四月滿旗風，飲散匆匆鷁首東。醉裏偏憐江水綠，意中已想荔枝紅。斷碑零落莓苔遍，幽澗淙潺略彴通。一疋寧無好東絹，憑誰畫此碧玲瓏？

楚城

江上荒城猿鳥悲，隔江便是屈原祠。一千五百年間事，只有灘聲似舊時。

集評——王士禎曰：歸州在江北山巔，江南有楚臺山，山上有楚王臺及舊秭歸城，三閭大夫實產是鄉。王龜齡詩：「城郭舊爲夔子國，人民多是楚王孫。」陸放翁詩：「江上荒城猿鳥悲，隔江便是屈原祠。一千五百年間事，只有灘聲似舊時。」何仲默詩：「古郡山頭數家住，客舟江上一燈明。《竹枝》慣聽巴人曲，鳥道纔通楚國程。」「荒山寒日，江聲怒號，獨坐吟此數詩，不必「猿鳴三聲淚霑裳」也。

張完臣曰：聲味都盡，而語氣不斷，此之謂詩。

舟出下牢關

大舸凌驚濤，飛度青玉峽。虛壁雲濛濛，陰洞風颯颯。拂天松蓋偃，入水山腳揷。炎曦忽摧破，亭午手忘箑。懸知今夜喜，月白宿沙夾。曠哉七澤遊，盟鷗不須歃。

御批——押韻皆穩。

峽口夜坐

三峽至此窮，兩壁猶峭立。估船無時行，婦盎有夜汲。風生樹影動，月碎水流急。

草根綴微露，螢火飛熠熠。吾行已四旬，纔抵楚西邑。浩歌散鬱陶，還舟覺衣濕。

初到荆州

萬里泛仙槎，歸來鬢未華。蕭蕭沙市雨，淡淡渚宮花。斷岸添新漲，高城咽晚笳。船窗一樽酒，半醉落烏紗。

阻風

沙市三日風，萬鼓鳴船頭。欲去不得發，卧對青燈幽。聽兒誦《離騷》，可以散我愁。微言入孤夢，恍與屈宋遊。睡起銅瓶響，欣然唤茶甌。吾道無淹速，風伯非所尤。

小雨極涼，舟中熟至夕

舟中一雨掃飛蠅，半脫綸巾卧翠藤。清夢初回窗日晚，數聲柔艣下巴陵。

集評——盧世㴶曰：只末一句，有多少藴含在。

岳陽樓

身如病鶴短翅翎，雨雪飄灑號沙汀。天風忽吹不得住，東下巴峽泛洞庭。軒皇張樂雖已矣，此地至今朝百靈。雄樓岌業鎮吴楚，我來舉手捫天星。帆檣纔放已隐隐，雲氣亂入何冥冥。鼋鼉出没蛟鰐横，浪花遮盡君山青。黄衫仙翁喜無恙，袖劒近到城南亭。眼前俗子敗人意，安得與翁同醉醒？

黃鶴樓

手把仙人綠玉枝，吾行忽及早秋期。蒼龍闕角歸何晚，黃鶴樓中醉不知。江漢交流波渺渺，晉唐遺跡草離離。平生最喜聽長笛，裂石穿雲何處吹。

御批——別出機軸，邈然清夐。結語運化入妙，幾於滅盡針線之迹。

自雪堂登四望亭，因歷訪蘇公遺迹至安國院

我醉飛屐登孱顏，拄杖出沒風煙間。三山蔥朧鮫鱷靜，九關肅穆虎豹閑。幾年金骨煉綠髓，此日始得窮躋攀。老僊歸侍紫皇案，空有野水流淙潺。蜿蜒翠阜圍綠野，似嶺非嶺山非山。向來龍蛇滿雪壁，雷電下取何時還。名花亦已天上去，居人指似題詩處。九十一翁不識公，我抱此恨知無窮。原註：定惠院已廢，海棠亦不復在，安國老僧景滋，年九十一，自言東坡去黃後四年方生。

舟行蘄黄間，雨霽得便風有感

天青雲白十分晴，帆飽舟輕盡日行。江底魚龍貪晝睡，淮南草木借秋聲。好山縹渺何由住，華髮蕭條只自驚。莫怪時人笑踈嬾，宦情元不似詩情。

長風沙

江水六月無津涯，驚濤駭浪高吹花。艣聲已出雁翅浦，荻夾喜入長風沙。長風自古三巴路，檣竿參差雜煙樹。南船北船各萬里，淒凉小市相依住。歌呼雜沓燈火明，黄昏風死浪亦平。勞苦舟師剩沽酒，安穩明朝到池口。

登賞心亭

蜀棧秦關歲月遒，今年乘興却東遊。全家穩下黄牛峽，半醉來尋白鷺洲。黯黯江雲瓜步雨，蕭蕭木葉石城秋。孤臣老抱憂時意，欲請遷都涕已流。

將至京口

卧聽金山古寺鐘，三巴昨夢已成空。船頭坎坎回帆鼓，旗尾舒舒下水風。城角危樓晴靄碧，林間雙塔夕陽紅。銅瓶愁汲中濡水，不見茶山九十翁。原註：頃在京口，嘗取中濡水寄曾文清公。

沂谿

射的峰前禹廟東，短蓬三扇卧衰翁。閑携清聖濁賢酒，重試朝南莫北風。水落痕留紅蓼節，雨來聲滿緑蒲叢。衝煙莫作匆匆去，擬看溪丁下釣筒。

冬夜聞雁有感

從軍昔戍南山邊，傳烽直照東駱谷。軍中罷戰壯士閑，細草平郊恣馳逐。洮州駿馬金絡頭，梁州毬場日打毬。玉杯傳酒和鹿血，女真降虜彈箜篌。大呼拔幟思野戰，殺氣當年赤浮面。南遊蜀道已低摧，猶據胡牀飛百箭。豈知蹭蹬還江邊，病臂不復能開弦。夜聞雁聲起太息，来時應過桑乾磧。

御批——豪邁一往，壓倒高岑。

月夕

開户滿庭雪，徐看知月明。微風入叢竹，復作雪來聲。俗塵不待掃，凜然肝肺清。村深無漏鼓，鶴唳報三更。

御批——以雋語寫幽致，列子御風，泠然善也。

自雲門之陶山，肩輿者失道，行亂山中，有茅舍小塘極幽邃。求見主人，不可，意其隱者也

陂池幽處有茅堂，井臼蕭條草樹荒。小鴨怯波時聚散，病蔬傷蠹半青黃。童兒銜雨收魚網，婢子聞鐘上佛香。我亦暮年思屏迹，數椽何計得連牆？

園中雜書

殘花委地筍掀泥，香椀詩囊到處携。幽夢欲成誰喚覺，半窓斜日鷓鴣啼。

池亭夜賦

池上小亭幽，清宵秉燭遊。荷盤時瀉露，螢火早知秋。有感歲時速，無聲河漢流。殊方不堪住，歸夢繞滄洲。

雙清堂夜賦

陸子病少間，獨卧豁上堂。人静魚自躍，風定荷更香。素月行中天，流螢失孤光。

歸鳥飛有聲，度此十里塘。嗟我獨何事？遲暮客異鄉。太息搔短髮，起視夜未央。

御批——妙於體物。「流螢失孤光」與「螢火早知秋」各有妙理。「風定荷更香」「風定池蓮自在香」，亦復各成妙句。前後三詩不妨並存。

橋南納涼

曳杖來追柳外涼，畫橋南畔倚胡牀。月明船笛參差起，風定池蓮自在香。半落星河知夜久，無窮草樹覺城荒。碧筒莫惜頹然醉，人事還隨日出忙。

初秋夢故山覺而有作

陂水白茫茫，草煙濕霏霏。牧童一聲笛，落日無餘暉。遥山已漸隱，村巷亞竹扉。

老翁延我入，苦謝柿栗微。幸逢歲有秋，一醉君勿違。念此動中懷，命駕吾將歸。

別建安

欹帽揚鞭晚出城，驛亭燈火向人明。多情葉上蕭蕭雨，更把新凉送客行。

紫谿驛原註：信州鉛山縣。

雲外丹青萬仞梯，木陰合處子規啼。嘉陵棧道吾能説，略似黄亭到紫谿。

御批——筆有天趣，此作運化工部，下篇又用太白，皆極鑪錘之妙。

月巖

幾年不作月巖遊，萬里重來已白頭。雲外連娟何所似，平羌江上半輪秋。

御批——淡淡自合，刻劃即失之矣。

聞雁

過盡梅花把酒稀，熏籠香冷換春衣。秦關漢苑無消息，又在江南送雁歸。

集評——張完臣曰：可謂深至。

春雨

冬旱土不膏，愛此春夜雨。四郊農事興，老穉迭歌舞。相呼長沮耕，分喜樊遲圃。豐年已在目，亭障靜枹鼓。我歸未有期，一官寄倉庾。幸復寬簡書，不敢恨羇旅。

御批——平平寫去，澹雅可愛。「豐年」十字抵得一篇《喜雨亭記》。

南窗睡起

夢中忘却在天涯，一似當年錦里時。狂倚寶箏歌《白紵》，醉移銀燭寫烏絲。酒來郫縣香初壓，花送彭州露尚滋。起坐南窗成絶嘆，玉樓乾鵲誤歸期。

集評——盧世㴶曰：三、四俊爽，自是佳句。

晝漏迢迢暑氣清，不妨小倦帶餘酲。夢從朧客聲中斷，愁向湘屏曲處生。風度簾旌紅浪颭，窗明香岫碧雲横。《閑情》賦罷憑誰寄，悵望壺天白玉京。

感舊絶句

鵝黄酒邊緑荔枝，原註：鵝黄，廣漢酒名。緑荔枝，出叙州。摩訶池上納涼時。氷紈不畫驂鸞女，却寫江南《白紵辭》。

夏日晝寢，夢遊一院，闃然無人，簾影滿堂，惟燕蹋筝弦有聲。覺而聞鐵鐸風響璆然，殆所夢也邪？因得絶句

桐陰清潤雨餘天，簷鐸摇風破晝眠。夢到畫堂人不見，一雙輕燕蹴筝絃。

書懷絶句

不到天台三十年，草菴猶記宿雲邊。老僧曉出松門去，手挈軍持取澗泉。

御批——絶句源出樂府，但取神韻，趣在有意無意之間，唐人推青蓮、龍標二家擅場。作者妙處深得風人之致，視唐殆無愧色，此不可以時代拘者也。

雨後極涼，料簡篋中舊書有感

日昳小雨不至晡，雨雖未足凉有餘。細泉泠泠咽幽竇，清吹策策驚高梧。笠澤老翁病蘇醒，欣然起理西齋書。十年燈前手自校，行間顛倒黄與朱。區區樸學老自信，要與萬卷歸林廬。邇來世俗好變古，鑿空飾詐無根株。愀然撫几三太息，力薄抱恨何由祛？蘭臺漆書非己責，且為籤幐除蠹魚。

秋夜

湖海秋初到，房櫳夜轉幽。露濃驚鶴夢，月冷伴蛩愁。生計依微祿，年光墮遠遊。嚴灘已在眼，早晚放孤舟。原註：去年欲自三衢舟行，泛七里瀨歸山陰，今竟當為此行也。

雨夜

夜院蕭條秋意深，銅爐一炷海南沉。幽人聽盡芭蕉雨，獨與青燈話此心。

豐城高安之間憩民家，景趣幽邃，為之慨然懷歸

數家聚雲根，細路入叢薄。濺濺石渠水，來往一略彴。有無鄰里通，笑語婦子樂。

濁醪時相就，青蔬缺鹽酪。日暮歸閉門，績火星熠爚。先期畢租稅，老不入城郭。

嗟予獨何事，早摔紅塵脚。故山未成歸，悵望有餘怍。

寄奉新高令

小雨催寒著客袍，草行露宿敢辭勞。歲饑民食糟糠窄，吏惰官倉鼠雀豪。只要閭閻寬

箠楚，不須亭障肅弓刀。九重屢下丁寧詔，此責吾曹未易逃。

御批——此真良二千石矣。察吏、恤災、安民、弭盜、奉公、任職，八句中色色具到，

却一氣渾成，不冗不腐，《風》《雅》遺軌，何可多得？《鶴林玉露》載王十朋、

真德秀二詩命意雖同，而氣格相去遠矣。

予欲自嚴買船下七里灘，謁嚴光祠而歸。會灘淺，陸行至桐廬，始能泛江，因得絶句

桐廬縣前觽聲急，蒼煙茫茫白鳥雙。亂山日落潮未落，勝絶不減吳松江。

御批——風格絶佳。

辛丑正月三日雪

閑歲尚殘冬，佳哉雪意濃。潤歸千里麥，聲亂五更鐘。簾隙收初密，牆隅積已重。龍團笑羔酒，狐腋襲駝茸。危檻臨歌竹，幽窗聽墮松。忽思西戍日，憑堞待傳烽。

原註：予從戍日，嘗大雪中登興元城，上高興亭，待平安火至。

御批——「龍團笑羔酒」用陶穀事，妙於不覺。

雪霽歸湖上，過千秋觀少留

縱轡不嫌遠，逢山猶一登。夕陽陂溆溆，殘雪埝層層。折竹橫遮道，飢烏下啄氷。欲歸還小駐，倚杖對崚嶒。

題山家壁

山中無傳漏，猿鳴知既夕。芳藤上幽援，素月照高壁。主人殊喜事，歡若有夙昔。稚子縶竹槃，炊黍持餉客。卜隣雖未辦，清嘯聊自適。衰病久廢詩，筆端歎荆棘。

憶昔

憶昔浮江發劍南，夕陽船尾每相銜。楠陰暗處尋高寺，茘子紅時宿下巖。原註：高寺在瀘州，下巖在雲安軍。硤口烹猪賽龍廟，沙頭伐鼓挂風帆。區區陳迹何由記，惟有征塵尚滿衫。

秋夜

秋氣侵帷夢不成，一燈西壁翳還明。風高露井無桐葉，雨急煙村有雁聲。擊筑誰同燕市飲？債春方作會稽行。從來自許知何等，堪難江湖白髮生。

御批——「涼風又落南宮木，老雁孤鳴漢北州」，不及頷聯之含蘊。

九月三日泛舟湖中作

兒童隨笑放翁狂，又向湖邊上野航。魚市人家滿斜日，菊花天氣近新霜。重重紅樹秋山晚，獵獵青帘社酒香。隣曲莫辭同一醉，十年客裏過重陽。原註：予自庚寅至辛丑，始見九日於故山。

新寒

病怯新寒欲不禁，南窗擁褐夜愔愔。江湖跌宕送餘日，書劍蕭條孤壯心。杜曲新愁隨斷雁，遼陽遺恨入蹀砧。此懷擬向何人說，賴有昏燈伴苦吟。

湖村月夕

客路風塵化素衣，閑愁冉冉鬢成絲。平生不負月明處，神女廟前聞《竹枝》。

集評——盧世㴶曰：色相俱空。

橫塘

橫塘南北埭西東，拄杖飄然樂未窮。農事漸興人滿野，霜寒初重雁橫空。參差樓閣高城上，寂歷村墟細雨中。新買一蓑苔樣綠，此生端欲伴漁翁。原註：是日偶買蓑衣，甚妙。

蔬圃

山翁老學圃，自笑一何愚。硗瘠纔三畝，勤劬賴兩奴。正方畦畫局，微潤土融酥。翦闢荆榛盡，鉏犁磊塊無。過溝橫略彴，聚甓起浮圖。原註：拾園中瓦礫作小塔。隙地成瓜援，餘功及芋區。如絲細生菜，似鴨爛蒸壺。此事今真辦，東歸不為鱸。

御批——排比瑣事，點染閑情，雖云游戲，亦斐亹可觀。

五雲門晚歸

高城帶遠林，落日動寒砧。行客自朝暮，青山無古今。衰遲慚逸氣，憂患足危心。溪迮滞歸艇，何時春水深。

御批——以高韻勝，置盛唐人集中，不復可辨。

夜汲井水煮茶

病起罷觀書，袖手清夜永。四鄰悄無語，燈火正凄冷。山童亦睡熟，汲水自煎茗。鏘然轆轤聲，百尺鳴古井。肺腑凛清寒，毛骨亦蘇省。歸來月滿廊，惜踏疏梅影。

奇朱元晦提舉

市聚蕭條極，村墟凍餒稠。勸分無積粟，告糴未通流。民望甚飢渴，公行胡滯留？徵科得寬否，尚及麥禾秋。

御批　惻然仁者之言，四十字不愧古人。羅大經謂：「文公於詩獨取放翁，以其氣質渾厚。」殆未足以盡之。

考證　《宋史》文公本傳：淳熙七年，浙東大饑，易提舉浙東常平茶鹽事，即日單車就道，移書他郡，募米商，蠲其征。比至，客舟米已輻輳，與僚屬鈎訪民隱，至廢寢食。雖深山窮谷，靡不遺。事竣，宰相王淮賛於上曰：「熹於荒政乃行其所學，民被實惠。」

乍晴，風日已和，泛舟至扶桑埭，徘徊西村久之十日風雨今日晴，衰病忽減思閑行。接䍦一幅煙霧薄，舴艋八尺鳧鷖輕。亭亭孤塔遠天碧，曲曲深巷斜陽明。數家茅屋門晝掩，不聞人聲聞碓聲。身似龐公不入城，東阡南陌餞餘生。新年倘有豐年喜，買酒漁村看太平。

擕瘿尊醉梅花下

楠瘿作尊容斗許，擁腫輪囷元媚嫵。肯從放翁來住山，誰云置身不得所。山房寂寞久不飲，作意欲就梅花語。我病鮮歡花更甚，日暮淒涼泣殘雨。人生萬事雲茫茫，一醉常恐俗物妨。正須仙人氷雪膚，來伴老子鐵石腸。花前起舞花底卧，花影漸東山月墮。瘿尊未竭狂未休，笑起題詩識吾過。

城西接待院後竹下作

水邊小郎因古城，上有巨竹數百箇。一徑蛇蟠不容脚，平處乃可十客坐。梟梟共看風枝舞，蔌蔌時聽春籜墮。古佛不粧香火冷，瘦僧如腊袈裟破。門前西去長安路，日夜舳艫銜尾過。老夫本乏臺省姿，且就清陰曲肱卧。

幽居春夜

暮景催人雪鬢雙，十年始復反吾邦。雲逢佳月每避舍，酒壓閑愁如受降。三弄笛聲初到枕，一枝梅影正横窗。要知清夢遊何許，不釣桐江即錦江。

御批——頸聯圓妙，有彈丸脱手之樂。

晨起

小雨濕清曉，新鶯啼早春。年光驚病眼，節物屬閑身。巴硤東連楚，嶓山北控秦。遠遊端可繼，敢恨素衣塵。

春遊

平生樂行役，不耐常閉户。今朝新雨霽，一笑整巾屨。青猿導幽蹊，春草伴微步。雖云尊酒薄，蔬果亦畧具。辛夷發高枝，楊柳吹墮絮。行歌不知遠，落日呼野渡。横林已棲鴉，淺水猶立鷺。歸來意頗豪，古錦有新句。

八月十四日夜湖山覲月

長空露洗玻璃碧，紫金之盤徑三尺。忽看擘地出人間，桂樹扶踈如淡墨。攬衣獨立鏡湖邊，風露萬頃秋瀏然。開帆詎必入東海，騎鯨便可追飛仙。氷壺玉瀣侵骨冷，醉看孤鸞舞清影。夜闌歸舍人已眠，却倩天風為吹醒。

御批——奇語得自眼前，轉覺出人意表。

夜聞秋風感懷

西風一夜號庭樹，起攬戎衣淚濺襟。殘角聲催關月墮，斷鴻影隔塞雲深。數篇零落從軍作，一寸凄凉報國心。莫倚壯圖思富貴，英豪何限死山林。

草書歌

傾家釀酒三千石，閑愁萬斛酒不敵。今朝醉眼爛巖電，提筆四顧天地窄。忽然揮掃不自知，風雲入懷天借力。神龍戰野昏霧腥，奇鬼摧山太陰黑。此時驅盡胸中愁，槌牀大叫狂墮幘。吴牋蜀素不快人，付與高堂三丈壁。

御批——與《醉後草書》一篇，各成奇致。

夜泊水村

腰間羽箭久凋零，太息燕然未勒銘。老子猶堪絶大漠，諸君何至泣新亭。一身報國有萬死，雙鬢向人無再青。記取江湖泊船處，卧聞新雁落寒汀。

御批——率多胸臆，兼有氣骨，可爲南渡君臣慨然太息。

自妙相歸，將至杜浦堰舟中作

斜陽發東郭，初夜轉西城。寺閣疎鐘動，漁村遠火明。蒼茫林靄滅，撲漉水禽驚。漸喜吾廬近，遥聞過埭聲。

卷之四

卷之四

秋興

樵風溪上弄扁舟，濯錦江邊憶舊遊。豪竹哀絲真昨夢，爽砧繁杵又驚秋。墜枝橘熟初堪翦，浮甕醅香恰受篘。莫道身閑總無事，孤燈夜夜寫清愁。

三江舟中大醉作

志欲富天下，一身常苦飢。氣可吞匈奴，束帶向小兒。天公無由問，世俗那得知。揮手散醉髮，去隱雲海涯。風息天鏡平，濤起雪山傾。輕帆入浩蕩，百怪不可名。虹竿秋月鈎，巨鼇倘可求。滅迹從今逝，回看隘九州。

御批——擬以太白，便覺去人不遠。

樊江晚泊

碧雲吞日天欲暮，城西捩柁城東路。尊羹菰飯香滿船，正是江頭落帆處。荻洲漁火遠更明，煙水蒼茫聞雁聲。不是綠尊能破悶，白頭客路若爲情。

秋夕

羇魂虛仗些詞招，病骨那禁積毀消。亂葉打窗寒有信，昏燈照幔夢無聊。棧邊老驥心空在，爨下殘桐尾半焦。百感忽生推枕起，碧霄銀漢正迢迢。

御批——深於比興，怨而不怒。

秋雨排悶十韻

今夏久無雨，從秋却少晴。空濛迷遠望，蕭瑟送寒聲。衣潤香偏著，書蒸蠹欲生。壞簷聞瓦墮，漲水見堤平。溝溢池魚出，天低塞雁征。螢飛明闇廡，蛙鬧雜疎更。藥䃣時須焙，舟閑任自横。未憂荒楚菊，直恐敗吳秔。夜永燈相守，愁深酒細傾。浮雲會消散，鼓笛賽西成。

集評——方回曰：字字工穩。

寄題朱元晦武夷精舍

先生結屋綠巖邊，讀《易》懸知屢絕編。〔不用采芝驚世俗，恐人謗道是神僊。〕

身閑剩覺溪山好，心静尤知日月長。天下蒼生未蘇息，憂公遂與世相忘。

御批——惟朱子稱此詩，惟此詩可寄朱子，所云詩中有人者。

長安道

千夫登登共版築，萬手丁丁供斲木。歌樓舞榭高入雲，複幕重簾晝燒燭。中使傳宣騎飛鞚，達官候見車擊轂。豈惟炎熱可炙手，五月瞿唐誰敢觸。人生易盡朝露晞，世事無常壞陂復。士師分鹿真是夢，塞翁失馬猶爲福。君不見野老八十無完衣，歲晚北風吹破屋。

御批——言柢藥石，體合風雅。

村舍

空谷人稀到，新寒病頓輕。晨霜催小獵，宿雨潤新耕。草莽秦馳道，雲煙越故城。千年不磨滅，惟有暮山横。

御批——有俯仰千古之感，句法亦逼老杜。

幽居感懷

偶傍楓林結數椽，東歸也復度流年。汀洲雁下依殘水，墟里人行破夕煙。十月風霜欺客枕，五更鼓角满江天。散關清渭應如昨，回首功名一愴然。

遲暮

遲暮固多感，况此歲峥嵘。霜霰忽已集，夜聞絡緯鳴。青燈不解語，依依有餘情。

銅瓶煮寒泉，中作笙簫聲。沈憂能傷人，一夕白髮生。蓬萊渺雲海，金丹幾時成。

自若耶溪舟行杭鏡湖而歸

換馬亭前煙火微，鬬牛橋畔行人稀。雲山慘澹少顔色，霜日清薄無光輝。新酒篘成桑正落，美人信斷雁空歸。高樓何處吹長笛，清淚無端又濕衣。

御批——詞意清婉，風調致佳。

骨相

骨相元知薄，功名敢自期。病侵彊健日，閑過聖明時。形勝輪臺地，飛騰瀚海師。江湖雖萬里，猶擬綴聲詩。

御批——意自深深，非關骨相。

感憤

今皇神武是周宣，誰賦南征北伐篇。四海一家天歷數，兩河百郡宋山川。諸公尚守和親策，志士虛捐少壯年。京洛雪消春又動，永昌陵上草芊芊。

御批——大聲疾呼，氣浮紙上，《諸將》五首之嫡嗣也。

集評——盧世㴶曰：南渡樂于偏安，誰能念此？

晚出偏門

一段新愁帶宿酲，半攲烏帽策驢行。村墟香動梅初破，裘褐寒輕雪未成。渡口人爭紅

日晚，沙邊雁帶碧煙橫。悠然又覓長堤路，腸斷城樓畫角聲。

過杜浦橋

橋北雨餘春水生，橋南日落暮山橫。問君對酒胡不樂，聽取菱歌煙外聲。

莊器之作招隱閣，項平父諸人賦詩，予亦繼作

諸公共賦《反招隱》，細字斜行肯見傳。語到淮南小山作，人如江左永和年。一窗蘿月禁春瘦，萬壑松風撼晝眠。我亦尚嫌林谷淺，因君更擬斸雲煙。

溪上醉吟

行行不知溪路深，但怪素月生遥岑。不辭醉袖拂花絮，與子更醉青蘿陰。

雨中泊舟蕭山縣驛

端居無策散閑愁，聊作人間汗漫遊。晚笛隨風來倦枕，春潮帶雨送孤舟。店家菰飯香初熟，市擔蓴絲滑欲流。自笑勞生成底事，黄塵陌上雪蒙頭。

御批——「春潮」七字與蘇州各成妙句。

初夏遊凌氏小園

水滿池塘葉滿枝，曲廊危榭愜幽期。風和海燕分泥處，日永吳蠶上簇時。閑理阮咸尋舊譜，細傾白墮賦新詩。從來夏淺勝春日，兒女紛紛豈得知？原註：庾信詩云「夏淺却勝春」，鏡湖遊人至立夏而止。

題少陵畫像

長安落葉紛可掃，九陌北風吹馬倒。杜公四十不成名，袖裏空餘三賦草。車聲馬聲喧客枕，三百青銅市樓飲。杯殘炙冷正悲辛，仗內鬬雞催賜錦。

初冬雜題

莫嫌風雨作新寒，一樹青楓已半丹。身在范寬圖畫裏，小樓西閣剩憑闌。

小雨

細雨濕春光，霏霏破夕陽。卧聞鶯倦枕，起看入虚堂。映葉鶯猶囀，爭泥燕正忙。閑愁無遺處，誰與共飛觴。

御批——工於賦物，不落纖巧。

題徐淵子環碧亭，亭有茶山曾先生詩

茶山丈人厭囂譁，幅巾每訪博士家。小亭談笑不知暮，往往城上聞吹笳。興來傑作粲珠璧，歲久妙墨亡龍蛇。郎君弟子多白髮，回頭日月如犇車。徐卿赤城古仙子，十年四海推才華。覽觀陳迹喜不寐，旋補罅漏支傾斜。曲池還浸古來月，叢莽忽見當時花。重題舊句照高棟，力振風雅排淫哇。席間紵袍已散鵲，堂上講鼓初停檛。速宜力置竹

桀酒，不用更瀹桃花茶。原註：桃花茶，見曾公詩。

臨安春雨初霽

世味年來薄似紗，誰令騎馬客京華。小樓一夜聽春雨，深巷明朝賣杏花。矮紙斜行閑作草，晴窗細乳戲分茶。素衣莫起風塵嘆，猶及清明可到家。

御批——頷聯圓轉，脱口而出，一涉湊泊，失此語妙。

集評——瞿佑曰：陳簡齋詩云「客子光陰詩卷裏，杏花消息雨聲中」，陸放翁詩云「小樓一夜聽春雨，深杏巷明朝賣杏花」，皆佳句也。葉靖逸詩云「春色滿園關不住，一枝紅杏出牆來」，戴石屏詩云「一冬天氣如春暖，昨日街頭賣杏花」，句意亦佳，可以追及之。

盧世㴶曰：三、四有唐人風韻。

考證——方回曰：《臨安春雨初霽》一首，《劍南集》編在嚴州朝辭時所作，《後村詩話》乃謂妙年行都所賦，思陵賞音，似誤。

飲張公父園戲題扇上

寒食清明數日中，西園春事又匆匆。梅花自避新桃李，不爲高樓一笛風。

御批——寓意雖刻，自足風調。

集評——盧世㴶曰：翻案，妙有諷意。

小舟過御園

聖主憂民罷露臺，春風别苑晝常開。盡除曼衍魚龍戲，不禁芻蕘雉兔來。水鳥避人横

翠靄，宫花經雨委蒼苔。殘年自喜身强健，又作清都夢一回。

御批——善于立言。

春遊絶句

一百五日春都行，三十六溪春水生。千秋觀裏逢急雨，射的峰前看晚晴。原註：自秦望山而北，合三十六溪水為若耶溪。

雨後

礎潤還成雨，雲收旋作晴。巖花分日發，林筍逐番生。筆硯行常具，軒窗晚更明。塵埃幸不到，那得廢詩情。

夜汲

酒渴起夜汲，月白天正青。銅瓶響寒泉，聞之心自醒。井邊雙梧桐，映月影離離。上有獨棲鵲，細爪握高枝。我欲畫團扇，良工不可求。三歎拊庭楯，浩然風露秋。

御批——落落有古意。

新霽城南舟中夜興

身是江湖不繫船，雨餘隨處一翛然。浮雲盡斂出青嶂，孤月徐升行碧天。收網漁歌移別浦，隔城塔影落前川。明朝閑就平洲飲，巾屨追涼又一年。

丙午五月大雨，五日不止，鏡湖渺然，想見湖未廢時，有感而賦

朝雨暮雨梅正黃，城南積潦入車箱。鏡湖無復鹹青秧，直浸山脚白茫茫。湖三百里漢訖唐，千載未嘗廢陂防。屹如長城限胡羌，啬夫有秩走且僵。早有灌注水何傷，越民歲歲常豐穰。泆湖誰始謀不臧，使我父子餐糟糠。陵遷谷變亦何常，會有妙手開湖光。蒲魚自足被四方，煙艇滿目菱歌長。

御批

有關國計民生，非尋常歌詠可比。

考證

《山陰志》：鏡湖綿跨二縣，周迴三百五十八里，東漢馬臻始築塘，蓄水溉田九千餘頃。迄于宋，民甚利之。祥符以來，並湖之民盜湖爲田。熙寧中，遣使至越，不能復湖。後遂盡廢爲田，皆已陞科議。復古以興水利者，常惜之，而勢不可行。

《會稽志》：張元忭曰：「忭按諸家所論，前半漢而無海塘，則鏡湖不可不

築，後乎宋而有海塘，則鏡湖可以不復。」近者三江之閘，其益百倍于海塘，惟時其啟閉以常。謹水經之大綱，而于外塘務完之，内流務濬之；以時修水利之細目，則受利不止一會稽矣，又何鏡湖之足論乎？

早自烏龍廟歸

殘漏聲中聽曳鈴，翩翩吹帽出郊坰。雨餘澗落雙虹白，雲合山餘一髮青。鐵馬蹴冰悲昨夢，朱顔辭鏡感頹齡。歸來獨對空齋冷，鳥迹蒼苔自滿庭。

齋中閑咏

風號萬物作濤聲，雲截千峰似几平。多病支離仍老鏡，暮秋蕭瑟更山城。燕鶵久罷塵

痕積，庭訟全稀蘚暈生。莫到齋中日無事，焚香掃地又詩成。

御批——六句可謂深穩。

秋雨北榭作

秋風吹雨到江濆，小閣疎簾曉色分。津吏報增三尺水，山僧歸入萬重雲。飄零露井無桐葉，斷續煙汀有雁羣。了却文書早尋睡，檐聲偏愛枕間聞。

集評——方回曰：此嚴陵郡圃也，三、四極工而活。

焉耆行

焉耆山頭暮煙紫，牛羊聲斷行人止。平沙風急捲寒蓬，天似穹廬月如水。大胡太息小胡悲，投鞍欲眠且復起。漢家詔用李輕車，萬丈戰雲來壓壘。焉耆山下春雪晴，莽莽惟有蒺藜生。射麋食肉飲其血，五穀自古惟聞名。樵蘇切莫近亭障，將軍卧護真長城。十年牛馬向南睡，知是中原今太平。

園中絕句

溪北溪南飛白鷗，夕陽明處見漁舟。憑誰爲剪機中素，畫取天涯一片秋。

晨過天慶

蘿月挂團壁，松風號急灘。孤燈經院曉，殘雪醮壇寒。賸欲閑扶杖，何妨醉墮冠。詩成興不盡，萬里跨青鸞。

御批——三、四語意工絕，與「棋聲花院靜，幡影石壇高」不可軒輊。

出城

翩翩烏帽出林坰，掠面風微酒半醒。戍火難尋玉關夢，衣塵空愧草堂靈。天晴山雪明城郭，水漲江流近驛亭。客鬢不如堤上柳，數枝春動又青青。

夜登千峯榭

夷甫諸人骨作塵，至今黃屋尚東巡。度兵大峴非無策，收泣新亭要有人。薄釀不澆胷壘塊，壯圖空負膽輪囷。危樓插斗山銜月，徙倚長歌一愴神。

御批——從空而下，氣象高遠，歸咎王呂，自是千古公論。

集評——潘問奇曰：劍南詩操觚家奉之如拱璧，然一時所為翕然者，不過喜其洞寫風雲，流連月露而已，而其惓惓宗國，悱惻纏綿，顧未及之者。予為一一標識之，使知先生當日傷半壁之無依，痛兩宮之不返，終天悼歎，不徒區區景物間也，比少陵庶幾一飯不忘之誼云。

秋興

孤城寂寞近江干，處處疎砧送早寒。水落纔餘半篙綠，霜高初染一林丹。民租屢減追胥少，吏責全輕法令寬。偶有一樽聊獨醉，强挼黃菊助清歡。

余年二十時，嘗作菊枕詩，頗傳於人。今秋偶復采菊縫枕囊，悽然有感

采得黄花作枕囊，曲屏深幌閟幽香。唤回四十三年夢，燈闇無人説斷腸。

少日曾題菊花詩，蠹編殘藁鎖珠絲。人間萬事消磨盡，只有清香似舊時。

御批——黯然自傷，與《沉園》二絶所感同，而詞亦並工，蓋發乎情者深也。

東吴女兒曲

東吴女兒語如鶯，十三不肯學吹笙。鏡奩初喜稱蠶出，窗眼已看雙繭成。庭空日煖花自舞，簾捲巢乾燕新乳。阿弟貪書下學遲，獨揀詩章教鸚鵡。

御批——絶似皮陸。

有爲予言烏龍高險不可到處，有僧巖居，不知其年，予每登千峯榭望之，慨然爲作詩樵子向予說，有僧巢翠微。巖扉雲共宿，錫杖鶴同飛。日暮松明火，天寒槲葉衣。棄官從此逝，非子尚誰歸。

楚宮行

漢水方城一何壯，大路並馳車百兩。軍書插羽擁修門，楚王正醉章華上。璇題藻井窮丹青，玉笙寶瑟聲寘寘。忽聞命駕遊七澤，萬騎動地如雷霆。清晨射獵至中夜，蒼兕元熊紛可藉。國中壯士力已殫，秦冠東來遣誰射。

妾命薄原註：太白作此篇言長門宮事，予反之。

妾命薄，早入天家侍帷幄。君王勤儉省宴遊，寶柱朱弦塵漠漠。日長别殿承恩稀，旰

旻猶聞親萬機。宫中雖無珠玉賜，塞上不見煙塵飛。不須悲傷妾命薄，命薄却令天下樂。

御批——高處立，濶處行。

四鼓酒醒起步庭下

酒解夜過半，出門步中庭。天高河漢白，月澹煙霧青。重滴竹杪露，疎見樹罅星。壞甃啼寒螿，深竹明孤螢。秋晚雖未霜，蠹葉時自零。四序逝不留，慨然感頽齡。平生茅一把，不博帶萬釘。鴝溝謝柏柏，鴻路追冥冥。

秋霽

灝氣明山川，霽色滿天地。西風吹我衣，忽有萬里意。中原運當平，所要在得士。

餘年猶幾何，棄置復棄置。

集評——短幅森嚴中，極頓挫之妙。

採藥

蕢子編成細筥新，獨穿空翠上嶙峋。丹砂巖際朝暾日，狗杞雲間夜吠人。絡石菖蒲蒙綠髮，縵松薜荔長蒼鱗。金貂謁帝我未暇，且作人間千歲身。

塞上曲

將軍許國不懷歸，又見桑乾木葉飛。要識君王念征戍，新秋已報賜冬衣。

御批——自合唐音。

送潘德久使薊門

崑崙東分一枝渾，奔蹴砥柱經龍門。羲皇受圖撫上古，神禹治水開中原。三靈實扶藝祖業，萬國共仰東都尊。羣兒撞壞吁可嘆，顧使殘虜今遊魂。因君試求出師路，孟津白馬應如故。不須更議繫河橋，北風正可乘冰渡。頗聞盧龍已數盡，復道飛狐合屯戍。轅門倘駐拂雲祠，烽火應過明妃墓。君歸解鞍藉芳草，細談塞北忘予老。讀書飲酒待賊平，萬丈旌頭方下掃。

御批——「老驥伏櫪，志在千里」，游豈須臾忘恢復者，況觸事感懷耶？「端莊雜流麗，剛健含婀娜」可以語此詩之妙。

夜歸塼街巷書事

近坊燈火如晝明，十里東風吹市聲。遠坊寂寂門晝閉，只有煙月無人行。誰家小樓歌惱儂？餘響縹緲縈簾櫳。苦心自古乏真賞，此恨略與吾曹同。歸來空齋卧淒冷，燈前病骨巉巉影。獨吟古調遺誰聽，聊與梅花分夜永。

送張野夫寺丞牧滁州

皇天方憂九州裂，建隆真人仗黄鉞。陣雲冷壓清流關，賊壘咿嚶氣如髮。逋誅猾敵入檻車，北風吹乾草頭血。一龍上天三百年，舊事空聞遺老説。金印斗大誰作州，公子玉面蒼髯虬。賦詩健筆挾風雨，論兵辯舌森戈矛。别君帳飲灞橋頭，長歌爲君寬旅愁。戰場遺迹儻可畫，尺素寄我關河秋。

御批——唐之子孫不能以天下取河北，志士之慨於言外見之。

夜歸偶懷故人獨孤景畧

買酒村場半夜歸，西山落月照柴扉。劉琨死後無奇士，獨聽荒雞淚滿衣。

御批——觸緒長嗟，言在此而意在彼，十四字中波瀾甚濶。《賀裳詩話》乃謂「務觀才具無多，意境不遠，惟善寫眼前景物」，豈非但見方隅者耶？

月下小酌

草樹已秋聲，郊原喜晚晴。風生雲盡散，天濶月徐行。下箸槎頭美，傳杯甕面清。追歡猶可勉，但歲不須驚。

鄰曲有未飯被追入郭者，憫然有作

春得香秔摘緑葵，縣符急急不容炊。君王日御金華殿，誰誦周家《七月》詩。

御批——親民之官，莫如守令與人主共養百姓，同休戚者，其惟良吏乎？漢治之稱文景，有以也。

題湖邊旗亭

春色初回杜若洲，佳人又典鸘鷞裘。八千里外狂漁父，五百年前舊酒樓。渡口遠山顰翠黛，天邊新月挂瓊鈎。回頭笑向紅塵說，也有閑愁到此不？

御批——落筆豪俊。宋人常問人云：「君詩中有幾酒樓？」此一亦酒樓也。

寓懷

脱粟未為飢，短褐未為寒。衆毁心自可，身困氣愈完。蔀屋雖三間，趺坐則已寬。濁酒不滿瓢，浩歌有餘歡。禄食妻子樂，功名後人看。成敗兩蝸角，貴賤一鼠肝。芒芒百年夢，底物堪控摶。不如學餐霞，駐此雙頰丹。行披終南雲，飛渡黄河湍。歸然過空城，人言古長安。霜露蒙荆榛，喟然增永歎。

御批——國耻未雪，此老終身大恨，固其忠義所結，然言之頻數亦為筆墨之累。此乃别有波瀾，言盡而意不盡。

題千秋觀懷賀亭

河湟使典珥左貂，曲江相君謝不朝。宫中玉環狐作妖，黠敵旁窺心已驕。天維欲絶地軸搖，有識凜凜憂宗祧。賀公託言師松喬，黄冠徑歸侣漁樵。老馬立仗不自聊，去如鸞鳳冲煙霄。傾都祖餞擁渭橋，賢哉大夫脱塵囂。揚州渡江木蘭橈，入東夜聽錢塘潮。我來故祠竹蕭蕭，黄冠野服傳生綃。詞卑媿匪英瓊瑶，空采蘋藻奠桂椒。虚堂斷香閉寂寥，遺魂零落何由招。

御批——論古別有見解。

樊江

手中一卷《養魚經》，又向樊江上草亭。朝雨染成新漲緑，春煙澹盡遠山青。榜舟不厭頻來往，岸幘常須半醉醒。賦罷新詩自高詠，滿汀鷗鷺欲忘形。

御批——自饒雅韻。

練塘

微風吹頰酒初醒，落日舟横杜若汀。水秀山明何所似，玉人臨鏡暈螺青。

歸次樊江

芳草東西路，緑楊長短亭。人生豈匏繫，吾志本鴻冥。征袖朝霑雨，歸帆夜戴星。長魚幸能買，且復倒残瓶。

泛湖至東涇

春水六七里，夕陽三四家。兒童牧鵝鴨，婦女治桑麻。地僻衣巾古，年豐笑語譁。

老夫維小艇，半醉摘牓花。

村居初夏

天遣為農老故鄉，山園三畝鏡湖傍。嫩莎經雨如秋綠，小蝶穿花似蕭黄。斗酒隻鷄人笑樂，十風五雨歲豐穰。相逢但喜桑麻長，欲話窮通已兩忘。

集評——盧世漼曰：此景真不可多得。

東關

煙水蒼茫西復東，扁舟又繫柳陰中。三更酒醒殘燈在，卧聽蕭蕭雨打篷。

七月一日夜，坐舍北水涯戲作

兀傲胡床酒半醒，釣筒收盡數舟橫。風生細葛無三伏，月上疏林正四更。北斗離離低欲盡，明河脉脉去無聲。斥仙豈復塵中戀，便擬騎鯨返玉京。

御批——以星河供點染，少加運用，便有景有情。

以事至城南書觸目

十里西風吹帽帬，江城衣杵遠猶聞。路如劍閣逢秋雨，山似爐峰鎖暮雲。原上老翁眠犢背，籬根小婦牧羊羣。百錢且就村場醉，舌本醇醨莫若分。

御批——感舊意，正以不露為佳。

梅花絶句

憶昔西戍日，夜宿仙人原。風吹野梅香，夢繞江南村。低空銀一鈎，糁野玉三尺。愁絶水邊花，無人問消息。

題瑩上人二畫

天地又秋風，谿山憶剡中。孤舟幸閑着，借我訪支公。

右剡溪。

曉聽楓橋鐘，暮泊松江月。斯人亦可人，淡墨寫愁絶。

右吴江。

山家暮春

遠屋清陰合，緣堤綠草纖。起蠶初放食，新麥已磨鎌。苦筍先調醬，青梅小蘸鹽。佳時幸無事，酒盡更須添。

御批——瑣事老筆。

自詠

萬事不挂眼，終年常避人。荒畦荷鋤晚，環堵結茆新。病馬何勞斥，輕鷗未肯馴。雖慙市門卒，聊作葛天民。

蓬萊館午憩

驛門繫馬聽蟬吟，翻動平生萬里心。橋畔笛聲催日落，城邊草色帶煙深。關河歷歷功名晚，歲月悠悠老病侵。憶戍梁州如昨日，憑闌西望一霑襟。

集評——盧世㴶曰：悲壯。

夢遊散關渭水之間

平生望眼怯天涯，客裏何堪度歲華。但恨征輪無四角，不愁客路有三叉。驛䆫燈闇傳秋柝，關樹煙深宿暮鴉。叱犢老翁頭似雪，羨渠生死不離家。

御批——完題簡淨。

秋夜

清夜不成寐，出門還浩歌。斷雲微翳月，薄露不傾荷。絡緯知時早，梧桐柰汝何？非關老懷惡，秋物感人多。

荷花

風露青冥水面凉，旋移野艇受清香。猶嫌翠蓋紅粧句，何況人言似六郎。

御批——隨手翻新，居然佳語。

秋興

老子雖貧未易量，風流猶在小茆堂。蒲萄錦覆桐孫古，鸚鵡螺斟玉瀣香。千點荷聲先報雨，一林竹影剩分涼。秋來便有欣然處，新種蓴絲已滿塘。

新晴

積雨已淒冷，新晴還少和。稼收平野闊，木落遠山多。土潤朝畦菜，機鳴夜擲梭。時清年歲好，吾敢歎蹉跎？

集評——盧世㴶曰：頷聯自是洼句。

舍北望水鄉風物，戲作絕句

西風沙際矯輕鷗，落日橋邊繫釣舟。乞與畫工圖扇本，青林紅樹一川秋。

禹跡寺南有沈氏小園，四十里前嘗題小闋壁間，偶復一到，而園已易主，刻小闋于石，讀之悵然

楓葉初丹槲葉黄，河陽愁鬢怯新霜。林亭感舊空回首，泉路憑誰説斷腸。壞壁醉題塵漠漠，斷雲幽夢事茫茫。年來妄念消除盡，回向禪龕一炷香。

考證——周密曰：放翁妻唐氏，于其母爲姑姪，而不相得，出，後改適趙士程，嘗以春日出遊，相遇於禹跡寺南之沈氏園，唐以語趙，遣致酒肴。翁悵然久之，爲賦《釵頭鳳》詞，題園壁間，集中「紅酥手，黄縢酒」一闋是也。唐氏見而和之，未幾下世。

小園

窄窄柴門短短籬，山家隨分有園池。客因問字來携酒，僧趁分題就賦詩。晨露每看花蕾坼，夕陽頻見樹陰移。原注：此二事非閑客不知也。拂衣司諫猶忙在，此趣淵明却少知。

集評　盧世㴶曰：閒情逸事，惟世外人知之。

夜讀范至能《攬轡録》，言中原父老見使者多揮涕，感其事作絶句

公卿有黨排宗澤，帷幄無人用岳飛。遺老不應知此恨，亦逢漢節解沾衣。

御批　南渡之不振，實由於此，扼腕而言，自成高調。

醉卧松下短歌

披鹿裘，枕白石，醉卧松陰當月夕。寒藤夭矯學草書，天風蕭森入詩律。忽然夢上百

尺顛，綠毛邂逅巢雲仙。相攜大笑咸陽市，俯仰塵世三千年。

御批——造語入妙。

探梅

我遊東村銜暮煙，斷橋流水鳴濺濺。欲尋梅花作一笑，數枝忽到拄杖邊。高標元合著山澤，絶豔豈復施丹鉛。定知曾授餐玉法，不爾恐是凌波仙。錦江賦詩忽萬里，蓬仙把酒今三年。相逢風味宛如昨，人生何者非前緣。頗思取醉極清賞，杖頭幸有百許錢。但判揰破烏紗帽，莫記吹落黃金船。

御批——趣極自然，調亦清婉。

题四仙像 原注：劉子訓。

世上年光東逝波，咸陽銅狄幾摩挲。神仙不死成何事，只向秋風感慨多。

冬晴閒步東村，由故塘還舍作

紅藤拄杖獨相羊，路遶東村小嶺傍。水落枯萍粘蟹椵，原注：鄉人植竹以取蟹，謂之曰椵。雲開寒日上魚梁。洛陽二頃言良是，光範三書計本狂。歷盡危機識天意，要令閑健返耕桑。

集評——方回曰：五、六善用事，「蟹椵」句亦新。

盧世㴶曰：瑣事寫來亦新緻。

祖應世曰：一路細細領畧，淺蹤人安能有此？

夜聞湖中漁歌

夢回一燈翳復明，卧聞湖上漁歌聲。嗚嗚乍低忽更起，嫋嫋欲斷還微縈。初隨缺月墮煙浦，已和残角吹江城。悲傷似擊漸離筑，忠憤如撫桓伊箏。放臣萬里憂國淚，戍客白首懷鄉情。峽猿失侣方獨宿，沙雁垂翅猶遐征。巴巫《竹枝》短亭晚，瀟湘欸乃孤舟横。世間此恨故相似，使我百感何由平？

御批——一氣排宕，有風雨驟至之勢。只用一語收結，老氣無敵。

村夜

寂寂山村後，悠然醉倚門。月昏天有暈，風軟水無痕。迹為遺讒遠，身由不仕尊。敢嗟車馬絶，同社自雞豚。

集評——潘問奇曰：「風軟水無痕」，未經人道。

野意

隈長逾十里，村小只三家。山客弛樵擔，溪翁鳴釣車。花深迷蝶夢，雨急散蜂衙。良疾新年減，青鞵上若耶。

憶昔

憶昔西征日，飛騰尚少年。軍書插鳥羽，戍壘候狼煙。渭水秋風夜，岐山曉雪天。金羈馳叱撥，繡袂舞嬋娟。但恨功名晚，寧知老病纏。虎頭空有相，麟閣竟無緣。壯士埋巴峽，原注：獨孤策。孤身卧海壖。安西九千里，孫武十三篇。裹嘆蘇秦弊，鞭

憂祖逖先。何時聞詔下，遺將入幽燕。

御批——筆力健舉。

感懷

上居鏡湖上，一巷環翠屏。竹林藏谽谺，嶺路蟠青冥。騫騰立奇石，嶄絕瞻危亭。車馬雖埽迹，猿鳥與忘形。我行半九州，躡盡芒屩青。豈知雪滿鬢，於茲敞雲扃。丹砂收箭鏃，茯苓斷人形。淩天渺歸鶴，一瞬三千齡。殘年迫衰謝，嬰疾歸鄉枌。諸賢渡江初，總角幸有聞。才非楚倚相，亦能讀典墳。夫豈或使之，後死與斯文。世儒鑿户牖，道術將瓜分。孤陋守一説，百氏殆可焚。後來豈無人，鼻堊誰揮斤？巍巍貞觀治，房魏出河汾。

考證——《文集·答劉主簿書》：前輩之學，積小以成大，以所有易所無，以能問于不能，故其久也。浩洋浩博，該極百家，而不可涯涘。諸名勝渡江，去前輩尚未甚遠，故此風猶不墜。三二十年來，士自為畦畛，甚狹。己所未知者，輒訕薄之，以為不足學；詆窮經者，則曰傳注已盡矣；詆博學者，則曰不知無害為君子。嗚呼陋哉！

卷之五

卷之五

東村散步有懷張漢州

扶杖村東路，秋來始此回。寒鴉盤陣起，野菊卧枝開。憂國丹心折，懷人雪鬢催。房湖八千里，那得尺書來。

將軍行

將軍入奏平燕策，持笏榻前親指畫。天山熱海在目中，下殿即日名烜赫。馳出都門雪初霽，直過黄河氷未坼。繡旗方掠桑乾渡，羽檄已入金臺陌。勇士如鷹健欲飛，孱王似兎何勞搦。戎服押俘獻廟社，正衙第賞頒詔册。端門賜酺天下慶，御觴尚恨滄溟窄。從來文吏喜相輕，聊遣濡毫書竹帛。

古別離

孤城窮巷秋寂寂，美人停梭夜歎息。空園露濕荆棘枝，荒蹊月照狐狸迹。憶君去時兒在腹，走如黄犢爺未識。紫姑吉語元無據，况憑瓦兆占歸日。嫁來不省出門前，魂夢何因識酒泉？粉綿磨鏡不忍照，女子盛時無十年。

御批——詞意俱老，絶去模擬之迹，而與古爲化。

望夫石

送君遠戍交河北，男兒自以身許國。不能彎弓騎惡馬，欲隨君去何由得？登山矯首西北雲，形容雖變心猶存。月明夜夜照淚痕，鐵心石腸輸與君。

御批——不煩刻劃，而意已獨至。

古別離

君北遊司并，我南適熊湘。邂逅淮陰市，共飲官道傍。丈夫各有懷，窮達詎可量。臨別一取醉，浩歌神激揚。勳業有際會，風雲正蒼茫。亂點劍鋒血，苦寒芒屨霜。死即萬鬼鄰，生當致虞唐。丹雞不須盟，我非兒女腸。

御批——構思深，出語警，不獨摩浣花之壘，亦兼入青蓮之室。

偶懷小益南鄭之間，悵然有賦

西戍梁州鬢未絲，嶓山漾水幾題詩。劍分蒼石高皇迹。原註：嶓冢廟傍有高皇試劍石，中分如截。巖擁朱門老子祠。原註：三泉道上有老君洞，景趣幽邃。燒兎驛亭微雪夜，騎驢棧路早梅時。登臨不用頻悽斷，未死安知無後期。

欲出遇雨

東風吹雨惱遊人，滿路新泥換細塵。花睡柳眠春自嬾，誰知我更嬾於春。

御批——「我更嬾於春」五字新鮮。

看鏡

凋盡朱顔白盡頭，神仙富貴兩悠悠。胡塵遮斷陽關路，空聽琵琶奏《石州》。

七十衰翁卧故山，鏡中無復舊朱顔。一聯輕甲流塵積，不爲君王戍玉關。原註：馬正惠公喜功名，每曰：「辛未甚衰，若有邊警，願預征行，得良馬數疋，輕甲一聯，足矣。」

集評——盧世㴶曰：少陵「勲業頻看鏡」，彼簡而饒，此盡而暢。

夜分不寐，起坐園中至旦

涼氣蘇衰疾，幽情入杖藜。月驚孤鵲起，天帶衆星西。松菊令彭澤，山川古會稽。清吟殊未愜，喔喔已晨雞。

御批——頷聯對句似奇語，道出可一粲。「等閒言語變瑰奇」，殆謂是耶。

步至湖上寓小舟還舍

病墮支離境，閑尋漫浪遊。湖平天鏡曉，山峭石帆秋。賒酒家家許，看花處處留。歸途倦扶杖，却上釣魚舟。

箜篌謠寄李長少卿

庭樹非不榮，霜霣萬葉枯。朋友豈我棄，漸遠勢自踈。中夜起太息，發篋覓舊書。塵昏蠹蝕損，行缺字欲無。一讀色已變，再讀涕淚濡。卷書置篋中，寧使飽蠹魚。

悶極有作

貴已不如賤，狂應又勝癡。新寒壓酒夜，微雨種花時。堂下藤成架，門邊枳作籬。老人無日課，有興即題詩。

三峽歌

序——乾道庚寅，予始入蜀，上下三峽屢矣。後二十五年，歸畊山陰，偶讀梁簡文《巴東三峽歌》，感之擬作。

十二巫山見九峯，船頭彩翠滿秋空。朝雲暮雨渾虛語，一夜猿啼明月中。

我遊南賓春暮時，蜀船曾繫挂猿枝。雲迷江岸屈原塔，花落空山夏禹祠。

御批——取鏡清絕，一洗陽臺慣語，為巫山生色。

贈道流

憶在長安爛漫遊，大明宮闕與雲浮。今朝偶上慈恩塔，北望芒芒禾黍秋。原註：唐含元殿與慈恩塔，南北相直。

三盃兀兀復騰騰，服氣燒丹總不能。借問生涯在何許？孤舟風雨伴漁燈。

御批——贈道流而及此，蓋自性情流出者。

艾如張

錦臆繡羽名山雞，清泉可飲林可栖。稻粱滿野棄不啄，雖有奇禍無階梯。東村西村烟雨晚，蕭艾離離林薄淺。翻然一下駭機發，汝雖知悔安能免？漢家天子南山下，萬騎合圍窮日夜。犬牙鷹爪死不辭，觸機折頸吁可悲。

御批——寓意深至，意凡三折，李賀作不能及也。

郊行夜歸書觸目

老翁病起厭端居，隨意東西不問途。霜野草枯鷹欲下，江天雲濕雁相呼。空垣破竈逃租屋，青帽紅燈賣酒壚。未畏還家踏泥潦，園丁持炬小兒扶。

歲暮感懷

我家釋耒起，遠自東封前。詩書守素業，蟬聯二百年。長老日零落，念之心惕然。
每恐後生輩，或為利欲遷。我少亦知學，蹭蹬及華顛。訟過豈不力，壽非金石堅。
我壯已早衰，晨鏡每惆悵。藥物姑自持，耆老曷敢望？造物有乘除，貧悴博無恙。
歸鄉更多感，朋舊盡凋喪。客來多避席，謂我丈人行。此意詎敢忘，報子以直諒。
士生始志學，固為聖人徒。人人可稷契，世世皆唐虞。仰事與俯育，治道無絕殊。
孔孟之所傳，世俗顧謂迂。申韓尚刻薄，老莊競虛無。爾車非不良，盡行九軌途？
在昔祖宗時，風俗極粹美。人材兼南北，議論忘彼此。誰令各植黨，更仆而迭起？
中更夷狄禍，此風猶未已。臣不難負君，生者固賣死。儻築太平基，請自厚俗始。

御批——學有根柢，故體製肅括，意指宏深，大家風力，非徒事吟咏者流也。

考證——《文集·論選用西北士大夫劄子》：天聖以前，多取北人，南方士大夫沈抑者多，仁宗照知其弊，公聽並觀，兼收博采，無南北之異。及紹聖、崇寧間，取南人更多，而北方士大夫復有沈抑之歎。陳瓘獨見其弊，昌言於朝曰：「重南輕北，分裂有萌。」嗚呼！瓘之言，天下之至言也。

山園雜詠

殘春終日在林亭，散髮披衣醉復醒。科斗已成蠹閣閣，櫻桃初結子青青。魚遊滄海寧濡沫，禽慕雕籠即翦翎。薄晚東風吹小雨，笑攜長鑱伴畦丁。

御批——意雖刻露，語自新穎。

雨夜書感

宦遊四十年，歸逐桑榆暖。皇恩念黎老，一官猶置散。春殘桃李盡，風雨閉空館。有懷無與陳，萬事付酒椀。近代固多賢，吾意終不滿。可憐杜拾遺，冒死明房琯。慷慨詎非奇，經綸恨才短。羣胡穴中原，令人歎微管。

御批——以古喻今，當為張浚而發。本傳云：言者論游力說張浚用兵，免歸。則浚之罷，游未必不為之言，故以甫之救琯自比。浚之與琯，僨事如一，富平再敗，與陳陶青坂何以異？詩深嘆其才短，固不誣也。

春晚雜興

池面萍初紫，牆頭杏已青。携兒撐小艇，留客坐孤亭。相法無侯骨，生年直酒星。

正須遺萬事，莫遣片時醒。

集評——方回曰：「『留客坐孤亭』，雖非奇句，却極有味。五、六亦新異。」

夜歸

踈鐘渡水來，素月依林上。烟火認茅廬，故倚船篷望。

御批——妙語似王融《江皐曲》。

三月十一日郊行

到處人家可乞漿，槐陰巷陌午風涼。水陂漫漫新秧緑，山壠離離大麥黄。父子力耕春漸老，婦姑共績夜猶長。堯民擊壤雖難繼，芹美懷君未敢忘。

路傍曲

凄涼路傍曲，朱門人不知。秋街槐葉落，正是斷腸時。

秋夜

燈欲殘時酒半消，斷碪踈雨共無憀。老來萬事渾非昔，惟有詩情似灞橋。

舍北晚眺

紅樹青林帶暮烟，並橋常有賣漁船。樊川詩句營邱畫，盡在先生拄杖邊。

御批——自然入畫。

初冬感懷

落葉埽還積，斷鴻飛更鳴。羸軀得霜健，老眼向書明。水瘦河聲壯，萁枯馬力生。竟為農父死，白首負功名。

聞雁

霜高木葉空，月落天宇黑。哀哀斷行雁，來自關塞北。江湖稻粱少，念汝安得食？蘆深洲渚冷，歲晚霰雪逼。不知重雲外，何處避畢弋？我窮思遠征，羨汝有羽翼。

御批——意入《風》《騷》，格逼漢魏，與杜陵相當，真乃不復多讓。

枕上偶成

放臣不復望修門，身寄江頭黄葉村。酒渴喜聞疎雨滴，夢回愁對一燈昏。河潼形勝寧終棄，周漢規模要細論。自恨不如雲際雁，南來猶得過中原。

舍北閑望作六字絶句

潘岳一篇秋興，李成八幅寒林。舍北偶然倚杖，盡見古人用心。

御批——善畫似真，以對面取之，用意微妙。

雨夜有懷張季長少卿

放翁雖老未忘情，獨卧山村每自驚。跼跼百年如電速，寥寥一笑抵河清。梅初破蕾行江路，燈欲成花聽雨聲。正用此時思劇飲，故交零落愴餘生。

集評——潘問奇曰：「河清」如此用，形容殊
若。

客言來自上皐道中，以其語作一絶

日曬霜融作淺泥，酒家却在斷橋西。五陵令代無豪傑，獨卧茅簷聽午雞。

殘臘

殘臘無多日，吾生又一年。林塘明夕照，墟落淡春烟。山色危欄角，梅花綠酒邊。歲時元自好，老病獨悽然。

懷舊

翠崖紅棧鬱參差，小益初程景最奇。誰向豪端收拾得，李將軍畫少陵詩。

集評——張完臣曰：又是一蜀道佳話。

幽居初夏

湖山勝處放翁家，槐柳陰中野徑斜。水滿有時觀下鷺，草深無處不鳴蛙。籜龍已過頭番筍，木筆猶開第一花。歎息老來交舊盡，睡餘誰共午甌茶？

御批——寫得「幽」字意出。

集評——潘問奇曰：頸聯對句更勝。

晨起

齒豁不可補，髮脱無由栽。清晨明鏡中，老色蒼然來。餘年亦自惜，未忍付酒杯。
抽架取我書，危坐闔復開。萬世見唐堯，夔龍獲親陪。寥寥三千年，氣象挽可回。
豈以七尺軀，顧受世俗哀？道在無不可，廊廟均蒿萊。

御批——約旨植義，真力彌滿，「清晨」十字亦有蒼然之氣。

六月二十四日夜分，夢范至能、李知幾、尤延之同集江亭，諸公請予賦詩記江湖之樂，
詩成而覺，忘數字而已

露箬霜筠織短蓬，飄然來往淡烟中。偶經菱市尋谿友，却棹蘋汀下釣筒。白菡萏香初
過雨，紅蜻蜓弱不禁風。吳中近事君知否？團扇家家畫放翁。

御批——風流自賞，夢中亦應得意。五、六調新采麗，淺薄者譏其未穩，真可一噱。

題韓運鹽竹隱堂絶句

塵埃車馬日駸駸，誰解從君一散襟。待我清秋有閑日，抱琴來寫萬龍吟。

舟中詠「落景餘清暉，輕橈弄溪渚」之句，蓋孟浩然《耶溪泛舟》詩也。因以其句爲韻賦詩

獨鶴還故鄉，翛然但城郭。出門無與遊，所至苦寂寞。裹飯事幽討，此計殊不惡。

薄暮宿漁家，蒼烟帶墟落。

維舟入谷口，信步造異境。隔籬雞犬聲，滿地梧楸影。瓦甑炊香稻，石泉汲新井。

人間苦偪仄，愛此須臾景。

老圃髮如霜，見客能廢鋤。與坐使之年，自云八十餘。老身六朝民，草舍數世居。力守遠祖言，一字不學書。

沿溪得茅店，酒旗出柴荆。杖頭錢已空，一醉何由成？主人語鄭重，手把甕面清。勸我姑小留，溪魚亦可烹。

秦皇酒甕邊，古有釣魚磯。我來必竟日，時挈雙鯉歸。白鷺真可人，常先孤棹飛。高詠江練句，令人憶元暉。

鏡湖三百里，風止鏡面平。持以照吾心，俗塵安得生？散髮鷗鷺間，萬事秋毫輕。誰能拂東絹，寫我孤舟橫。

朝發雲根寺，暮宿烟際橋。泠螢濕不飛，潛魚驚自跳。菱船歌裊裊，荻浦風蕭蕭。平明宿鳥起，我亦理歸橈。

古祠照滄波，老木閟雲洞。輕舟不搖櫓，正用一風送。汲井漱甘液，掃榻寓幽夢。

所恨山未深，城笳聽三弄。

禹穴探斷簡，樵風泛清溪。倒影森松桂，避船散鳧鷖。塵中有異境，十里青玻璨。

高塔忽招人，湖邊日未低。

溪行已清秋，還舍尚殘暑。天公為解圍，簾櫳過疎雨。青蔬喜小摘，紅粒亦新杵。

一飽坐北軒，蘋花泣烟渚。

御批——作者詩以萬計，閑適之什往往出之率易，亦復數見不鮮，沙中金屑每苦難披。十詩直舉胷情，清真古澹，妙處在神味之間，不可以貌求之。

秋夜紀懷

北斗垂莽蒼，明河浮太清。風林一葉下，露草百蟲鳴。病入新涼減，詩從半睡成。

還思散關路，炬火驛前迎。

集評——方回曰：中四句語意至工。

舍北摇落景物殊佳偶作

屋角成金字，溪流作縠紋。斜通小橋路，半掩夕陽門。孤艇衝烟過，疎鐘隔塢聞。杜門非獨病，實自厭紛紛。

集評——方回曰：放翁此題凡五首，所謂筆端有口，新冬景物，搜抉無遺。「屋角成金字」本出《北史·斛律金傳》，以對「溪流作縠紋」，亦奇。

夜坐

杳杳霜鐘十里聲，娟娟江月半窻明。陳編欲絶猶堪讀，微火相依更有情。九曲烟雲新散吏，原註：時方被命，再領武夷祠祿。百年鉛槧老諸生。頹然待旦君無笑，尚勝聞雞賦《早行》。原註：溫岐詩云「雞聲茅店月，人迹板橋霜」，蓋唐人早行絕唱也。

隴頭水

隴頭十月天雨霜，壯士夜挽綠沉槍。臥聞隴水思故鄉，三更起坐淚數行。我語壯士勉自彊，男兒墮地志四方。裹尸馬革固其常，豈若婦女不下堂。生逢和親最可傷，歲輦金絮輸胡羌。夜視太白收光芒，報國欲死無戰場。

御批——有古直悲涼之氣。

書志

往年出都門，誓墓志已決。況今蒲柳姿，俛仰及大耋。妻孥厭寒餓，鄰里笑迂拙。悲歌行拾穗，幽憤卧齧雪。千歲埋松根，陰風蕩空穴。肝心獨不化，凝結變金鐵。鑄爲上方劍，釁以佞臣血。匣藏武庫中，出參髦頭列。三尺粲星辰，萬里靜妖孽。君看此神奇，醜虜何足滅？

御批——幻想奇文，不可磨滅。

書憤

白髮蕭蕭卧澤中，秪憑天地鑒孤忠。阨窮蘇武餐氊久，憂憤張巡嚼齒空。細雨春蕪上林苑，頹垣夜月洛陽宫。壯心未與年俱老，死去猶能作鬼雄。

集評——方回曰：悲壯感慨，不當徒以虚語視之。

鏡裏流年兩鬢殘，寸心自許尚如丹。衰遲罷試戎衣窄，悲憤猶爭寶劍寒。遠戍十年臨的博，壯圖萬里戰皋蘭。關河自古無窮事，誰料如今袖手看。

小舟遊西涇度西冈而歸

小雨重三後，餘寒百五前。聊乘瓜蔓水，閑泛木蘭船。雪暗梨千樹，烟迷柳一川。西冈夕陽路，不到又經年。

御批——穩中帶秀，此境正不易到。

集評——王復禮曰：較太白「梨花千樹雪，楊柳萬條煙」似勝一籌，但《水衡記》曰：以五月為「瓜蔓水」，此屬一時誤用。

春行

九日春陰一日晴，强扶衰病此閑行。猩紅帶露海棠濕，鴨綠平隄湖水明。原註：杜子美「曉看紅濕處，花重錦官城」，李太白「蜀江紅且明」，用「濕」字、「明」字，可謂奪造化之功，世未有拈出者。酒賤柳陰逢醉臥，土肥稻壟看深耕。山翁莫道渾無用，解與明時說太平。

集評——方回曰：引少陵、太白謂奪造化之功，却是世未有拈出者，前輩用功如此。

閑身

炊烟漠漠閉柴荆，聊用閑身答太平。重碧飛觴心未老，硬黃臨帖眼猶明。吳蠶滿箔含桃熟，壠麥登車搏黍鳴。補劓息黥今有地，問君何處用虛名？

舍北行飲書觸目

落雁昏鴉集遠洲，青林紅樹擁平疇。意行舍北三义路，閑看橋西一片秋。小婦破烟撑去艇，丫童橫笛喚歸牛。形容野景無餘思，自怪癡頑不觧愁。

集評——盧世㴶曰：先寫景而後入事，句句宛肖。

雪夜感舊

江月亭前樺燭香，龍門閣工馱聲長。亂山古驛經三折，小市孤城宿兩當。晚歲猶思事鞍馬，當時那信老耕桑。緑沉金鎖俱塵委，雪灑寒燈淚數行。

御批——調極清和，頷聯斷句工緻可愛。

集評——吴喬曰：放翁壯時有志經世，故有「晚歲猶思事鞍馬，當時那信老耕桑」

之句。

雜感

志士山棲恨不深，人知已是負初心。不須先説嚴光輩，直自巢由錯到今。

故舊書來訪死生，時聞剥啄叩柴荆。自嗟不及東家老，至死無人識姓名。

蘭

南巖路最近，飯已時散策。香來知有蘭，遽求乃弗獲。生世本幽谷，豈願為世娛

無心託階庭，當門任君鋤。

御批——為幽人寫照，寓意深遠，作者別調。

感舊

夜涉南沮水，朝過小益城。梯山天一握，度棧土微平。雨近秦雲暗，霜高隴月明。
至今孤夢裏，唱馬有遺聲。原註：唱馬皆七字韻語，聞之悲愴動人。
凜凜隆中相，臨戎遂不還。塵埃出師表，草棘定軍山。壯氣河潼外，雄名管樂間。
登堂拜遺像，千載愧吾顔。
我思杜陵叟，處處有遺蹤。錦里瞻祠柏，綿州弔海椶。蹉跎悲櫪驥，感會失雲龍。
生世後斯士，吾將安所從。

御批——游久居蜀地，於孔明、子美企想獨深，二詩渾成老健，蓋程形賦音，與其人相稱也。

露坐 原註：立秋前五日。

旋剖甘瓜進酒卮，斷雲漠漠斗離離。北臨積水風來壯，東恨長林月上遲。秋近不堪聞急杵，夜涼已復怯輕絺。天孫老抱河梁恨，豈獨人生事可悲。

新秋

殘暑無多日，幽居近小江。酒醒中夜起，松月入山窻。秋風昨夜來，聲滿梧桐樹。故人渺天末，此夕誰與度。

御批——妙語得自直尋，亦「清晨登隴首，明月照積雪」之比。

秋夕露坐作

銀河半落露華清，南斗闌干北斗明。冉冉方悲老將至，纖纖又歎月初生。酒牀細滴香浮瓮，衣杵相聞聲滿城。萬卷讀書無用處，却將耕稼報昇平。

感秋

秋色關河外，秋聲天地間。壯士感此時，朝鏡凋朱顏。一身寄空谷，萬里夢天山。噫嗚怒皆裂，憤激悲潸潸。古來真龍駒，未必置天閑。長松倒澗壑，委棄同蒸菅。得志未可測，談笑濟時艱。凜然《出師表》，一字不可刪。

新涼

菰首初離水，薑芽淺漬糟。粳香等炊玉，韭美勝炰羔。露下殘蕪濕，風生萬木號。從今更何事，痛飲讀離騷。

豐歲

豐歲歡聲動四鄰，深秋景氣粲如春。羊腔酒擔爭迎婦，鼉鼓龍船共賽神。處處喜晴過甲子，家家築屋趁庚申。老翁欲伴鄉閭醉，先辦長衫紫領巾。

御批——點綴嫵媚，煞有風致。

小舟過吉澤，効王右丞

澤國霜露晚，孤村烟火微。本去官道遠，自然人迹稀。木落山盡出，鐘鳴僧獨歸。漁家閑似我，未夕閉柴扉。

御批——不必似王，自饒清致。

考證——《文集·跋王右丞集》：余年十七八時，讀摩詰詩最熟，今永晝再取讀之，如見舊師友，恨間濶之久也。

秋晴見天際飛鴻有感

新晴天宇色正青，羣鴻高騫在冥冥。兒童相呼共仰視，我亦扶杖來中庭。豐年到處稻粱滿，胡不暫下栖沙汀。應須江海寄曠快，肯為霜雪嗟飄零。書生可笑不自喜，憔悴

久翦籠中翎。鷗波萬里每愧杜，鶴化千載知非丁。風前哀號漫激烈，月下孤影常竛竮。詩成欲寫復懶去，調似溪友聲泠泠。

御批——遣調流麗，曲盡心手之妙。

戊午重九

朋舊相望天一涯，登高結伴只鄰家。秋風自欲吹紗帽，衰鬢何曾泥菊花。藥市神仙思益部，饌盤節物記京華。自憐病後歡悰薄，小醉歸來日未斜。

舟中

柂邊潮水落還生，篷底寒燈滅復明。約束長年牢繫纜，報人風雨有鼉鳴。

御批——不必有寄，即事自佳。

蕭蕭風雨小江秋，不是愁人亦合愁。忽聽疎鐘知寺近，笑尋沙路上牛頭。

冬日感興十韻

霧雨天昏曀，陂湖地阻深。蔽空鴉作陣，暗路棘成林。有客風埃裏，頻年老病侵。夢魂來二豎，相法欠三壬。舊憤開孤劍，新愁感斷砧。唐衢惟痛哭，莊舃正悲吟。瘦跨秋門馬，寒生夜店衾。但思全舊壁，敢冀訪遺簪。樓上蒼茫眼，燈前破碎心。長謠傾濁酒，慷慨壓層陰。

菴中晨起書觸目

暉暉初日上簾鈎，漠漠清寒透衲裘。雪棘並棲雙鵲暝，金環斜絆一猿愁。廉宣外壑松楠老，王子穿林水石幽。戲事自憐除未盡，此生行欲散風漚。原註：唐希雅畫鵲，易元吉畫猿，廉宣仲老木，王仲信水石，皆庵中所挂小軸。

御批——設色妍麗，似晚唐人佳句。

春日小園雜賦

市塵不到放翁家，繞麥穿桑野徑斜。夜雨長深三尺水，曉寒留得一分花。悶從鄰舍分春甕，閑就僧窻試露芽。自此年光應更好，日驅秧馬聽繅車。

御批——「夜雨」一聯鬆秀可愛。

沈園

城上斜陽畫角哀，沈園非復舊池臺。傷心橋下春波綠，曾是驚鴻照影來。

集評——張完臣曰：寫得幽渺動人。

夢斷香消四十年，沈園柳老不吹綿。此身行作稽山土，猶弔遺蹤一泫然。

集評——張完臣曰：又深一步，其痛愈深。

考證——紹興郡刻本題下注：此放翁憶其前妻作也。妻以失歡於姑被遣，後於沈園見之，未幾下世。翁再遊此地，追感賦詩，淒苦不忍多讀。

讀《晉書》

諸公日飫萬錢廚，人乳蒸豚玉食無。誰信秋風雒城裏，有人歸棹為蓴鱸。

御批——不著議論，而指意躍然，咏史上乘。

春晴自雲門歸三山

乍行春野眼增明，漸減春衣體倍輕。人賣山茶先穀雨，鵶隨墦祭過清明。柳塘水滿雙凫戲，稻隴泥深一犢行。晚到三橋泛舟去，掩關不復畏重城。

夜聞姑惡

湖橋東西斜月明，高城漏鼓傳三更。釣船夜過掠沙際，蒲葦蕭蕭姑惡聲。湖橋南北烟雨昏，兩岸人家早閉門。不知姑惡何所恨？時時一聲能斷魂。天地大矣汝至微，滄波本自無危機。秋菰有米亦可飽，哀哀如此將安歸。

讀前輩詩文有感

我無前輩千鈞筆，造物爭功謝不能。已分文章歸委靡，可憐意氣尚憑陵。鸞旗廣殿晨排仗，鐵馬黄河夜踏氷。此事要須推大手，蟬嘶分付與吴僧。

御批——巧構形似之言，要非詣力所臻，不能道來親切乃爾。

讀《隱逸傳》

終南處士入都門，少室山人補諫垣。畢竟只供千載笑，石封三品鶴乘軒。

御批——不以議論傷格律，比勘亦自允協。

秋陰

淡日披朝霧，輕雲結暮陰。菰蒲溪路暗，松竹草堂深。妙墨雙鉤帖，奇聲百衲琴。古人端未遠，一笑會吾心。

秋懷

皇天本無心，萬物各有時。飛鴻何預人，南翔每如期。仰看霜露墜，俯歎草木衰。英英籬下菊，秀色獨滿枝。豈無一樽酒？相與斟酌之。耋老天所佚，行歌復何疑。改朔甫再宿，月見西南隅。纖纖一銀鉤，挂空疑有無。我行青楓岸，遠水浮雙鳧。新寒入短衣，感此風霜初。頗欲呼小艇，東村行芋區。衣薄且言歸，烟火望吾廬。

御批——閑淡有味。

秋思

日落江城聞擣衣，長空杳杳雁南飛。桑枝空後醅初熟，豆莢成時兎正肥。徂歲背人常冉冉，老懷感物倍依依。平生許國今何有，且擬梁鴻賦《五噫》。

冬晴與子坦、子聿遊湖上

海山山下百餘家，垣屋參差一帶斜。我欲往尋疑路斷，試沿流水覓桃花。

齋中弄筆偶書示子聿

左右琴樽靜不譁，放翁新作老生涯。焚香細讀《斜川集》，候火親烹顧渚茶。書為半酣

差近古，詩雖苦思未名家。一窻殘日呼愁起，裊裊江城咽暮笳。

御批——小陵云「語不驚人死不休」，放翁云「詩雖苦思未名家」，文人之豪，故自各有著力處。今人未涉其境，而漫以雕琢直率置之，可乎？

集評——祖應世曰：放翁七律無一字效顰四唐，而獨開蹊徑，別有一天，何嘗寄人籬下？

陳訏曰：昔蘇長公教人作詩曰：「字字覓奇險，節節累枝葉。」又曰：「法度法前軌。」後山亦云：「要當攻石堅，勿作搏沙散。」放翁詩至萬首，疑其無復持擇，而改詩鍊句，每形篇什。數公之於詩，亦列子御風而行，靈均之桂舟玉車也，而其言顧如此。

夢中作遊山絕句

霜風吹帽江村路，小蹇迢迢委轡行。忽到雲山幽絕處，穿林啼鳥不知名。

北望感懷

滎河温洛帝王州，七十年來禾黍秋。大事竟為朋黨誤，遺民空歎歲時遒。乾坤恨入新豐酒，霜露寒侵季子裘。食粟本同天下責，孤臣敢獨廢深憂。

御批——有名論，非尋常所及。

人日東園

歲首未入春，風氣已稍和。我睡意慵起，如此鳴禽何？駕言之東園，落梅亦已多。江南無堅氷，綠池生微波。挹彼蒲萄醅，酌我鸚鵡螺。雖無絲與竹，倚樹自高歌。

矯首東南望，稽山鬱嵯峩。兒曹幸力穡，老子得婆娑。

枕上作

山雨蕭蕭過，沙泉咽咽流。夢中無遠道，醉裏失孤愁。貧賣相如騎，寒思季子裘。兒童報新霽，裹飯出閑遊。

御批——「夢中無遠道」五字亦未經人道，游又有句云「夢移鄉國近」，則更奇矣。

長干行

裊腰綠如草，衫色石榴花。十二學彈箏，十三學琵琶。寧嫁與商人，夫婦各天涯。朝朝問水神，夜夜夢三巴。聘金雖如山，不願入侯家。鄣袖庭花下，東風吹鬢斜。

小橋

漠漠輕陰隱隱雷，石榴半落點莓苔。小橋西壯闌干角，獨岸綸巾待雨來。

觀畫山水

古北安西志未酬，人間隨處送悠悠。騎驢白帝城邊雨，挂席黄陵廟外秋。大網截江魚可膾，高樓臨路酒如油。老來無復當年快，聊對丹青作卧遊。

集評——潘問奇曰：頷聯渾成雄健，在此老又為一種。

示友

道向虛中得，文從實處工。淩空一鶚上，赴海百川東。氣骨真當勉，規模不必同。人生易衰老，君等勿怱怱。

十月

十月霜侵季子裘，吾詩又送一年秋。風回斷續聞樵唱，木落參差見寺樓。久已浮雲看富貴，固應華屋等山邱。江邊海際多幽致，擬跨青騾處處遊。

御批——集中有「木落寺樓高」之句，與此頷聯各有佳致。

梅花

春信今年早，江頭昨夜寒。已教清徹骨，更向月中看。

對酒戲詠

淺傾西國蒲萄酒，小嚼南州豆蔻花。更拂烏絲寫新句，此翁可惜老天涯。

集評——盧世㴶曰：雋麗不可名狀。

先少師宣和初有《贈晁公以道》詩云：「奴愛才如蕭穎士，婢知詩似鄭康成。」晁公大愛賞。今逸全篇。偶讀《晁公文集》，泣而足之

仕不逢時勇退耕，閉門自號景迂生。遠聞佳士輒心許，老見異書猶眼明。奴愛才如蕭穎士，婢知詩似鄭康成。早孤遇事偏多感，欲續殘章涕已傾。

追感往事

諸公可歎善謀身，誤國當時豈一秦？不望夷吾出江左，新亭對泣亦無人。

御批——千年而後，如聞歎息之聲。「善謀身」一言，尤中庸臣病根。

集評——潘問奇曰：此詩雖欠含蓄，然亦可知南渡後雖周伯仁亦難得。

考證——《文集·跋呂侍講〈歲時雜記〉》：年運而往，士大夫安於江左，求新亭對泣者，正未易得，撫卷累欷。

卷之六

卷之六

春遊

春風堤上草萋萋，草軟沙平護馬蹄。似蓋微雲纔障日，如絲細雨不成泥。千秋觀裏逢新燕，九里山前聽午鷄。追憶舊遊愁滿眼，綵船曽繫畫橋西。

三月二十日兒輩出謁，孤坐北牕

園林春已空，陂港雨新足。泥深黄犢健，桑老紫椹熟。豐年逋負少，村社饜酒肉。微風吹醉醒，起和飯牛曲。

御批——樸直有味。

西村

亂山深處小桃源，往歲求漿憶叩門。高柳簇橋初轉馬，數家臨水自成村。茂林風送幽禽語，壞壁苔侵醉墨痕。一首清詩記今夕，細雲新月耿黄昏。

湖塘晚眺

綠樹暗村墟，青山繞草廬。奉祠神禹舊，馳道暴秦餘。浦色沈煙網，畦聲入雨鉏。清秋又如許，幽憤若爲攄？病起閑無事，時來古渡頭。煙中賣魚市，月下采蓮舟。帆皷娥江晚，菱歌姚廟秋。長吟無傑句，聊以散吾愁。

御批——氣體高妙，在盛、中之間。

秋夜

老病睡眠少，如斯秋夜何？長庚未配月，織女已斜河。莎徑蟲吟苦，柴門葉落多。誰知窮寗戚，不作《飯牛歌》。

漁父

千錢買一舟，百錢買兩槳。朝看潮水落，暮看潮水長。持魚換鹽酪，縣郭時下上。亦或得濁醪，不復計瓶盎。浩歌忘遠近，醉夢墮莽蒼。元真不可逢，悠然寄遐想。

梅市

梅市柯山小繫船，鬧蓬驚起醉中眠。橋横風柳荒寒外，月墮煙鐘縹渺邊。客思況經孤驛路，詩情又入早秋天。如今老病知何限？判斷江山六十年。

御批——清和宛轉，可謂物理俱美，情致兼深矣。

集評——盧世㴶曰：是雲林寫景。

郭西

鷗下川原黑，船行浦溆空。橋燈搖水影，樓角散天風。野眺飛埃外，漁歌冷翠中。不須嘲病翼，要是脱樊籠。

柳橋晚眺

小浦聞魚躍，横林待鶴歸。閒雲不成雨，故傍碧山飛。

御批——有手揮目送之趣。

秋社

雨餘殘日照庭槐，社鼓鼕鼕賽廟回。又見神盤分肉至，不堪沙雁帶寒來。書因忌作閑終日，酒爲治聾醉一杯。記取鏡湖無限景，蘋花零落蓼花開。

村舍

生理嗟彌薄，吾居久未完。蝶飛牎紙碎，鼅圻壁泥乾。小雨牛欄濕，微霜碓舍寒。晚禾蟲獨少，鄰里共相寬。原註：今年晚禾苦蟲蛀，予鄉獨免。

集評——潘問奇曰：生敉，不肯蹈襲一字。

秋日雜詠

菰蒲風起暮蕭蕭，煙斂林疎見斷橋。白蟹鯗魚初上市，輕舟無數去乘潮。

御批——《竹枝》遺調。

小立

紅樹園廬晚，碧花籬落秋。荒陂船護鴨，斷岸笛呼牛。酒賤村村醉，山寒寺寺幽。聊湏岸烏幘，小立埭西頭。

秋晚湖上

已過西成賽廟期，家家下麥不容遲。夕陽遍野人歸去，秋水生灘鷺集時。靈藥不治懷抱惡，好詩空益鬢毛衰。從來未識蘇司業，愁絶西風滿酒旗。

御批——結聯善於運化，有縹緲之韻。

雨後至近村

夜雨曉方止，朝雲猶作陰。山餘一寸碧，溪長半篙深。卧泛白鷗渚，行穿黄葉林。老農能共語，真率會人心。

題嚴州王秀才山水枕屏

我行天下路幾何？三巴小益山最多。翠崖青嶂高嵯峨，紅棧如帶縈巖阿。下有駭浪千盤渦，一跌性命委蛟鼉。日馳三百一烏騾，雪壓披氈泥滿鞾。驛亭沃酒醉臉酡，長笛腰鼓雜巴歌。大散關上方橫戈，豈料世變如翻波。東歸輕舟下江沱，回首歲月悲蹉跎。壯君落筆寫岷嶓，意匠自到非身過。偉哉千仞天相摩，谷裏人家藏綠蘿。使我恍然越關河，熟視粉墨頻摩挲。

御批　鏗然徹耳，煥然奪目，「意匠自到非身過」，尤有妙理。

追憶征西幙中舊事

小獵南山雪未消，繡旗斜捲玉驄驕。不如意事常千萬，空想先鋒宿渭橋。

昨夜王師戍隴回，遺民日夜望行臺。不論夾道壺漿滿，洛筍河魴次第來。原註：在南鄭時，關中將吏有獻此二物者。

解嘲

一壑棲遲久，多生習氣消。行藏無媿怍，夢覺兩逍遥。借鶴傳山信，疏泉洗藥苗。晚來幽興極，弄月過溪橋。

讀史

民間斗米兩三錢，萬里耕桑罷戍邊。常使屏風寫無逸，應無烽火到甘泉。

御批——保泰持盈之指，借明皇發之，不落言詮，自近《風》《雅》。

遣興

家住城南剡曲傍，門前山色蘸湖光。三朝執戟悲年往，二頃扶犂樂歲穰。名姓已隨身共隱，文辭終與道相妨。子孫勉守東皐業，小甑吳粳底樣香。

集評——方回曰：五、六議論最妙。

送子龍赴吉州掾

我老汝遠行，知汝非得已。篤言當送汝，揮涕不能止。人誰樂離別？坐貧至於此。汝行犯胥濤，次第過彭蠡。波横呑舟魚，林嘯獨脚鬼。野飯何店炊？孤櫂何岸艤。判司比唐時，猶幸免笞箠。庭參亦何辱？負職乃可恥。汝爲吉州吏，但飲吉州水。一錢亦分明，誰能肆讒毀？聚俸嫁阿惜，擇士教元禮。我食可自營，勿用念甘旨。

衣穿聽露肘，履破從見指。出門雖被嘲，歸舍却睡美。益公名位重，凛若喬嶽峙。
汝以通家故，或許望燕几。得見已足榮，切勿有所啟。又若楊誠齋，清介世莫比。
一聞俗人言，三日歸洗耳。汝但問起居，餘事勿挂齒。希周有世好，敬叔乃鄉里。
宜惟能文辭，實亦堅操履。相從勉講學，事業在積累。仁義本何常，蹈之則君子。
汝去三年歸，我儻未即死。江中有鯉魚，頻寄書一紙。

御批——以韻語作訓詞，真情極切，自然成文，樸茂渾堅，大家本領。

正月五日出遊

久作閑人不慣愁，新春天氣更清柔。未為遼海千年别，且繼斜川五日遊。細柳拂頭穿野徑，落梅黏袖上漁舟。此身定去神仙近，倚遍江南賣酒樓。

初春雜興

水長鷗初泛，山寒茗未芽。深林聞社鼓，落日照漁家。渡遠呼船久，橋傾取路斜。客愁慵遠眺，不是怯風沙。

老病倦遊陟，偶尋溪友期。殘氷擁魚笥，新暖入桑枝。山崦巨然畫，煙村摩詰詩。何人為収拾？媿我不能奇。

集評——方回曰：八句皆佳，而三、四尤古遠。

杜叔高秀才雨雪中相過，留一宿而别，誦此詩送之

久客方知行路難，關山無際水漫漫。風吹欲倒狐城遠，雪落如篩野寺寒。暮挈衣囊投土室，晨沽村酒挂驢鞍。文章一字無人識，胸次徒勞萬卷蟠。

御批

用「徙」字新異可喜。

村居書喜

紅橋梅市曉山橫，白塔樊江春水生。花氣襲人知驟暖，鵲聲穿樹喜新晴。坊場酒賤貧猶醉，原野泥深老亦耕。最喜先期官賦足，經年無吏叩柴荊。

别嚴和之

器之魂逝已難招，尚有和之慰寂寥。今夜月明空歎息，想君孤棹泊溪橋。

舟中作

晤語無人與遣愁，出門聊復弄輕舟。山穿煙雨參差出，水赴陂塘散漫流。隔葉雄雌鳴谷鳥，傍林子母過吳牛。數家清絕如圖畫，炊黍何妨得小留。

集評——盧世潅曰：寫景閒雅。

夏初湖村雜題

嫩日輕風夏未深，曲廊倚杖得閑吟。地偏草茂無人迹，一對炎鷄下綠陰。

書直舍壁

道山西下路，杳杳歷重廊。地寂聞傳漏，簾疎有斷香。渠清水馬健，屋老瓦松長。欲出重欹枕，無何覓故鄉。

集評——方回曰："水馬""瓦松"，詩人罕用此聯，可喜。

謝韓實之直閣送燈

玉作華星綴絳繩，樓臺交映暮天澄。東都父老今誰在？腸斷當時諫浙燈。

集評——盧世漼曰：詩自謝燈，意別有在。

張完臣曰：無限感慨，觸物而流。

考證——蘇軾《諫浙燈劄子》：伏見中使傳宣下府市司買浙燈四千餘盞，有司具實直以聞，陛下又令減價收買，見已盡數拘收，禁止私買，以須上令。臣始聞之，驚愕不信，咨嗟累日。竊為陛下惜此舉動也。

直舍獨坐思成都

錦城花絮送吳船，屈指東歸又幾年。犀玉峰頭花老矣，百花潭上夢依然。青衫尚記稱狂客，白髮寧知作老仙？所恨酒腸非復昔，閑遊空負杖頭錢。

出東城並江而歸

上車容假寐，出郭當閑遊。遠笛臨風起，高帆到岸收。人歸花市路，客醉酒家樓。徑就東窗卧，孤燈欲話愁。

立春後十二日命駕至郊外，戲書觸目

宮雲縹緲漏聲遲，夢裏華胥却自疑。春淺風光先盎盎，時平節物共熙熙。晝簾不捲聞人語，玉勒徐行避酒旗。閲盡輩流身獨健，恍如隨計入都時。

河橋晚歸

曲巷連新市，層樓近小橋。青帘猶滴雨，綠浦恰通潮。簾影晴方見，笙聲冷未調。斜陽覓歸路，偏愛玉驄驕。

御批——筆墨間有香氣，似初唐人佳製。

後寓歎

貂蟬未必出兜鍪，要是蒼鷹憶下韝。彭澤徑歸端為酒，輕舟已老豈須侯。千年精衛心

平海，三日於菟氣食牛。會與高人期物外，摩挲銅狄灞城秋。

集評——吴喬曰：此當有後進妄生長短，如韓君在夷門也。

與兒輩泛舟遊西湖，一日間晴陰屢易

逢著園林即款扉，酌泉鬻筍欲忘歸。楊花正與人爭路，鳩語還催雨點衣。古寺題名那復在，後生識面自應稀。傷心六十餘年事，雙塔依然在翠微。

御批——寫景最工，著語一何娟妙。

秋思

烏桕微丹菊漸開，天高風送雁聲哀。詩情也似并刀快，剪得秋光入卷來。

小徑登東山繚行自西北至溪上 原註：是夕子聿置酒。

行穿犖确度谽谺，小立風中容袖斜。衰草雙雙黠飛蝶，長空一一送栖鴉。荻洲薄暮收魚網，茅舍初寒響緯車。誰道老人多感慨，未妨尊酒樂年華。

感憤

形勝峭潼在，英豪趙魏多。精兵連六郡，要地控山河。慷慨鴻門會，悲傷易水歌。幾人懷此志？送老一漁簑。

野興

掃盡紅塵閉是非，舍傍好在舊苔磯。壺中春色松肪酒，江上秋風槲葉衣。一片共知雲偶出，千年誰識鶴重歸？勿言野外無供給，雪後連山藥草肥。

御批——五、六情事恰合。

幽居春晚

老廢雖書病廢詩，晝閑惟與睡相宜。未尋内史流觴地，又近龐公上塚時。花發遊蜂喧院落，筍長馴鹿入藩籬。石帆山下春如許，野老來招不用辭。

集評——盧世㴶曰：三、四從上轉下，機軸一貫。

閔雨

歲秋固多雨，每恨不及時。黃塵蔽赤日，苗槁已不遲。踏車聲如雷，力盡真何爲。天豈不念民？雲族風散之。窮民守稼泣，便恐化棘茨。妻子不望活，所懼尊老饑。我願上天仁，顧哀民語悲。鞭龍起風霆，尚繼《豐年》詩。

御批——詞旨深厚。

書事

北征談笑取關河，盟府何人策戰多？掃盡烟塵歸鐵馬，剪空荆棘出銅駝。史臣歷紀平戎策，壯士遙傳《入塞》歌。自笑書生無寸效，十年枉是枕琱戈。

明日復理夢中意作

白盡髭鬚兩頰紅，頹然自以放名翁。客從謝事歸時散，詩到無人愛處工。高掛蒲帆上黄鶴，獨吹銅笛過垂虹。閑人浪迹由來事，那計猿驚蕙帳空。

集評——劉克莊曰：近歲詩人雜博者堆隊仗，空踈者窘材料，出奇者費搜索，縛律者少變化，惟放翁記問足以貫通，力量足以驅使，才思足以發越，氣魄足以陵暴，南渡而下故當爲一大宗。末年詩云「客從謝事歸時散，詩到無人愛處工」，又云「外物不移方是學，俗人猶愛未爲詩」，則皮毛落盡矣。

舍南野步

枯蔓絡荆籬，幽花映荻扉。馴麞驚不起，歸鶴倦猶飛。野色連收網，邊愁入擣衣。壯圖空自笑，事事與心違。

御批——寫入邊愁一句，便覺情景混融，通體靈妙。

出遊

山有籃輿步有舟，放翁身健得閑遊。羊牛點點日將夕，蒲柳蕭蕭天正秋。細雨僧歸雲外寺，疎燈人語酒家樓。歸途更愛湖橋月，獨倚闌干為小留。

山行

山光秀可餐，溪水清可啜。白雲映空碧，突起若積雪。我行溪山間，靈府為澄澈。崚增崖角立，蟠屈路九折。黃楊與冬青，鬱鬱自成列。其根貫石罅，橫逆相糾結。上捫鶻鵃巢，下歷豺虎穴。流泉不可見，鏘然響環玦。出山日已暮，林火遠明滅。小憩得樵家，題詩記幽絕。

御批——不失子美家法。

感昔

白帝城邊鶯亂啼，憶騎瘦馬踏春泥。老來感舊多悽愴，孤夢時時到瀼西。

風雲晝晦夜遂大雪

大風從北來，洶洶十萬軍。草木盡偃仆，道路暝不分。山澤氣上騰，天受之為雲。山雲如牛馬，水雲如魚黿。朝闇翳白日，暮重壓厚坤。高城岌欲動，我屋何足掀。兒怖牀下伏，婢恐堅閉門。老翁兩耳聵，無地著戚欣。夜艾不知雪，但覺手足皸。布衾冷似鐵，燒糠作微温。豈不思一飲？流塵暗空樽。已矣可奈何，凍死向孤村。

御批——奇崛。

夢華山

古松偃蹇谷谽谺，太華峰前野老家。久客未歸丹竈冷，碧桃八十一番花。

道室

簪遇風山第六爻，翛然盡謝俗間交。諜生舊買雲三頃，託宿新分鶴半巢。露下丹芽生藥壠，月明金粉落松梢。眉間喜動君知否？借得丹經手自抄。

御批　鏗然清響，殊有仙靈之氣。

倚樓

曲曲闌干縹緲間，哦詩本欲破除閑。無端又起天涯感，淡墨生綃數點山。

石帆晏日

短棹飄然信所之，茶園漁市到無時。風從蘋末蕭蕭起，月過花陰故故遲。蓴菜煮羹吳舊俗，《竹枝》度曲楚遺辭。頻聞項里楊梅熟，鄰曲相招莫後期。

乙丑夏秋之交，小舟早夜往來湖中，戲成絶句

橫林渺渺夜生煙，野水茫茫遠拍天。菱唱一聲驚夢斷，始知身在釣魚船。

御批——有聲有情，迥然高唱。

娥江道上月三更，垣屋參差閉月明。倚柂賦詩無傑思，斷腸分付棹歌聲。

懷舊

身是人間一斷蓬，半生南北任秋風。琴書昔作天涯客，蓑笠今成澤畔翁。夢破江亭山驛外，詩成燈影雨聲中。不須强覓前人比，道似香山實不同。

御批——王世貞論詩以樂天、放翁爲廣大教主，爲其情事景物之悉備也。此老情事頗近子美，其意中亦欲與浣花老叟相視而笑，故其自道如此。

春雨

春陰易成雨，客病不驚寒。又與梅花別，無因一倚欄。

梨花

開向春殘不恨遲，綠楊窣地最相宜。征西幕府煎茶地，一幅邊鸞畫折枝。原註：宣司靜鎮堂屏上有邊鸞梨花。

集評——盧世㴶曰：梨花詩至此，又是一種結構。

雜感

春晚晴還雨，村深醉復醒。溪添半篙綠，山可一牕青。藥品隨長鑱，花名記小屏。閑身幸無事，吟嘯送餘齡。

御批——「可」字雖出唐人，自成佳句。

出遊歸鞍上口占

渺渺煙波飛槳去，迢迢桑野策驢還。寄懷楚水吳山外，得意唐詩晉帖間。每惜好春如我老，誰能長日伴人閑？世間自是無兼得，勛業元非造物慳。

初夏閑居

川雲漠漠雨冥冥，濁酒閑傾不滿瓶。蠶簇尚寒憂繭薄，稻陂初滿喜秧青。王師護塞方屯甲，親詔憂民已放丁。病起自憐猶健在，不須求應少微星。

御批——琢句工穩，而氣格不傷。

地僻

地僻臨湍瀨，門幽長緑苔。客書疑誤達，僧刺媿虚來。清露蘋花圻，斜陽燕子回。自憐猶有恨，佳日對空罍。

御批——何其風秀。

耒陽令曾君寄《禾譜》《農器譜》二書求詩

歐陽公譜西都花，蔡公亦記北苑茶。農功最大置不録，如棄六藝崇百家。曾侯奮筆補多稼，儋州讀罷深咨嗟。一篇《秧馬》傳海内，農器名數方萌芽。令君繼之筆何健，古今一一辨等差。我今八十歸抱耒，兩編入手喜莫涯。神農之學未可廢，坐使末俗愁浮華。

考證

《文獻通考》陳氏曰：《禾譜》五卷，宣德郎温陵曾安止移忠撰，東坡所謂《賦秧馬歌》也。謂《禾譜》文既温雅，事亦詳實，惜其不譜農器，故以此歌附之。《農器譜》三卷、續二卷，耒陽令曾之謹撰，安止之姪孫也，追述東坡作歌之意，為此編。周益公為之序，陸務觀亦作詩題其後。

夏末野興

半世天涯倦遠遊，還鄉不減旅人愁。數聲相應鵓呼雨，一片初飛葉報秋。山塢風煙僧院路，河梁燈火酒家樓。絕知雪鬢宜簑笠，分付貂蟬與黑頭。

訪山家

捨舟步上若耶溪，壽櫟修藤路欲迷。僧院倚山馴栗鼠，野塘灘水下芠鷄。草侵古路迢迢遠，雲傍行人故故低。薄暮但尋遺毳去，山家正在鶴巢西。

寄隱士

乳竇寒猶滴，巖扉夜不扃。奇書窺鳥跡，靈藥得人形。浩浩天風積，冥冥海氣清。儻逢王内史，更爲乞《黄庭》。

御批——較少陵押「形」字更新。

春前六日作

夜枕夢回春雨聲，曉牕日出春鳥鳴。典衣沽酒莫辭醉，自有梅花爲解酲。

贛士曾興宗，字光祖，以其居質當谷圖來求詩

高人心虛萬物宗，家世常以仕易農。買山本愛坡上竹，手種已偃巖前松。瀑泉三伏凛冰雪，谷聲十里酣笙鏞。了知自是一邱壑，不與金精為附庸。原註：地與金精山、青牛峽為鄰。

御批——磊砢多奇，宮商悉諧，第六句盜取諸坡仙者。

夏日雜題

午夢初回理舊琴，竹爐重炷海南沈。茅簷三日蕭蕭雨，又展芭蕉數尺陰。

西村晚歸

小塢花垂盡，平隄草次迷。日長鶯語久，風定絮飛低。子響聞碁院，舟横傍釣溪。歸途不知處，依約埭東西。

御批——古今得意句，難得一睽悉稱。「暗牖懸蛛網」不如「空梁落燕泥」，「傍水見寒花」不如「出關逢落葉」也，田藝衡《詩談》云爾。如此詩「風定絮飛低」五字，亦豈易稱？

雨晴

旱暵常思雨，沈陰却喜晴。放船蓮蕩遠，岸幘竹風清。淮浦戎初遁，興州盜甫平。為邦要持重，恐復議銷兵。

秋夜

落葉鳴還夜，啼螿送暮秋。不知何許笛，故作此時愁。青海三年戍，黄旗萬里侯。何如石帆下，煙雨釣滄洲。

御批——風格遒上，故應哭過錢郎。

累日濃雲作雪不成，遂有春意

釀雪經旬竟不成，一霜却作十分晴。雲歸岫穴千峰立，暖入郊原萬耦耕。菖葉離離豐歲候，梅花眷眷故人情。道傍孤店新醅熟，已有幽禽一兩聲。

野望

偶携一小豎，徙倚望南山。船笛為誰怨，溪雲如我閑。洲長歸雁下，天迥暮鴉還。安得一竿去，終年煙水間。

春晴

常年春日少春晴，拂面今朝暖吹輕。水閣家家横小舫，園亭處處聽新鶯。桃花不管詩人老，菖葉空催野叟耕。自笑此生餘幾許，銅駞荆棘尚關情。

恩封渭南伯，唐詩人趙嘏爲渭南尉，當時謂之「趙渭南」，後來將以予爲「陸渭南」乎？

戲作長句

老向人間久倦遊，君恩乞與渭川秋。虛名定作陳驚坐，好句真慙趙倚樓。棧豆十年雲病馬，煙波萬里著浮鷗。就封他日輕裘去，應過三峰處處留。

集評——盧世㴶曰：欲遜欲任，兩意俱有。

山行

山鳥啼孤戍，煙蕪入廢亭。隄坊陂水白，雨細稻秧青。草市少行旅，叢祠多乞靈。最憐投宿處，微火暮晶熒。

初夏書感

春與人俱老，花隨夢已空。遊蜂黏落蕊，輕燕接飛蟲。桑悴知蠶起，牲肥賽麥豐。為農當自力，相戒勿悤悤。

御批——諸詩皆莫年之作，老氣縱橫，而格律彌細。

對酒作

飲酒豪如卷白波，遣愁難似塞黃河。多聞自解為身累，後死空令見事多。未試神仙餐玉法，且賡壯士入關歌。此心不道無人識，雪鬢蕭蕭奈老何。

頃歲從戎南鄭，屢往來興鳳間，暇日追懷舊遊有賦

昔戍蠶叢北，頻行鳳集南。烽傳戎壘密，驛送客程貪。春盡花猶圻，雲低雨半含。
種畬多菽粟，藝木雜松柟。婦汲惟陶器，民居半草菴。風煙迷棧閣，雷霆起湫潭。
城郭秦風近，村墟蜀語參。快心逢曠野，刮目望浮嵐。考古時興感，無詩日每慚。
嘉陵最堪憶，迎馬柳毿毿。

集評

方回曰：放翁詩出曾茶山，而不專用西江格，有晚唐，有中唐，亦有盛唐。
此篇雖陳、杜、沈、宋亦不過如此，流麗綿密。

異夢

山中有異夢，重鎧奮雕戈。數水西通渭，潼關北控河。淒凉鳴趙瑟，慷慨和燕歌。

此事終當在，無如老死何。

夜坐小飲

零落槐花已滿溝，江湖又見一番秋。冰輪有轍淩空上，銀漢無聲接地流。丹荔甘寒勞遠致？玉醅醇洌喜新芻。移牀坐對西南電，好雨心知不待求。

雜感十首之二

呂釣渭水濱，說築傅巖野。雖曰古盛時，得士蓋亦寡。天將啓治亂，人才有用舍。
向非萬牛力，孰與成大厦。
洙泗日已遠，儒術日已喪。學者稱孔墨，爲國雜伯王。書生幸有聞，力薄不能倡。

默默世俗間，汝職無乃曠。

御批——詞旨宏深，雖筆意微斂，却有大篇氣象。

仲秋書事

斷雲歸岫雨初收，茅舍蕭條古渡頭。短褐老人垂九十，松枯石瘦不禁秋。

秋日徙倚門外久之

舍前煙水似瀟湘，白首歸來愛故鄉。五畝山園鬱桑柘，數椽茅屋映菰蔣。翻翻小艬船歸郭，渺渺長歌月滿塘。却掩柴荊了無事，篆盤重點已殘香。

聞新雁有感

新雁南來片影孤，冷雲深處宿菰蘆。不知湘水巴陵路，曾記漁陽上谷無？

御批——如此寓感，亦匪夷所思。

小園獨酌

橫林搖落弄微丹，深院蕭條作小寒。秋氣已高殊可喜，老懷多感自無歡。鹿初離母斑猶淺，橘乍經霜味尚酸。小酌一卮幽興足，豈須落佩與頹冠。

古意

千金募戰士，萬里築長城。何時青塚月，却照漢家營。夜泊武昌城，江流千丈清。寧爲雁奴死，不作鶴媒生。

御批——工於用古。

湖上尋梅

鏡湖渺渺煙波白，不與人間通地脉。騎龍古仙絶火食，慣住空山齧冰雪。東皇高之置度外，正似人中巢許輩。萬木僵死我獨存，本來長生非返魂。小雪湖上尋梅時，短帽亂插皆繁枝。路人看者竊相語，此老胸中常有詩。歸來青燈耿牕扉，心鏡忽入造化機。墨池水淺筆鋒燥，笑拂吴箋作飛草。

御批——仗氣愛奇，遂成異境。方回取梅花詩十五篇，殊不逮此。

湖山

坡陁度小嶺，軒豁見平湖。但醉梅花下，民家酒可沽。原註：花徑小嶺。
故堞無遺跡，蕭然數十家。茶煙映山起，酒旆傍隄斜。原註：古城。

雪晴欲出而路濘未通戲作

欲覓溪頭路，春泥不可行。歸來小牕下，袖手看新晴。

春日雜興

行人陌上思悠悠，十里斜陽古渡頭。一片落花無覓處，只教芳草管閑愁。

蘭亭道上

湖上青山古會稽，斷雲漠漠雨凄凄。籃輿晚過偏門市，满路春泥鬧竹雞。
箭箙弓弢小獵回，壯心自笑未低摧。前身家近盤閶路，曾看吳王射雉來。

御批——醖藉不失唐人風調。

初夏雜興

隱趣與誰論，深居湖上村。避蘭寧改路，惜筍不開園。庭草遶生意，溪沙記漲痕。
愁來時淺酌，隨事有雞豚。

山行過僧菴不入

垣屋參差竹塢深，舊題名處嬾重尋。茶爐煙起知高興，碁子聲疎識苦心。淡日暉暉孤市散，殘雲漠漠半川陰。長吟未斷清愁起，已見横林宿暮禽。

集評——方回曰：詩極高勝，尤有工夫針線，如老杜所謂「裁縫滅盡針線迹」也。「殘雲」一聯及末句結，乃結煞山行一段餘意。前輩詩例如此，須合别有擺脱，老杜《縛雞行》、山谷《水仙花》皆然。

夏日六言

醉面貪承夕露，釣竿喜近秋風。借問孤舟何處，深入芙渠浦中。

溪漲清風拂面，月落繁星滿天。數隻船横浦口，一聲笛起山前。

夏夜泛溪至南莊復回湖桑歸

不求奇骨可封侯，但喜枯腸不貯愁。數點殘燈沽酒市，一聲柔艣採菱舟。元知澤國偏宜夜，已就天公探借秋。歸過三更風露重，紗巾剩覺髮颼颼。

郊行

淒風吹雨過江城，緩策羸驂並水行。古路初驚秋葉墮，荒郊已放候蟲鳴。壯心耿耿人誰識？往事悠悠恨未平。斜日半竿羌笛怨，西陵寂寞又潮生。

御批——結有神韻。

文章

文章本天成，妙手偶得之。粹然無疵瑕，豈復須人爲？君看古彝器，巧拙兩無施。漢最近先秦，固已殊淳漓。胡部何爲者？豪竹雜哀絲。后夔不復作，千載誰與期？

御批

深識妙解，非淺人所能與。游常言：「詩欲工，而工亦非詩之極。鍛鍊之久，乃失本指；斲削之甚，反傷元氣。」觀其所言，其自命可知矣。李東陽謂宋人之詩，但一字一句對偶雕琢之工，而天真興致未可與道者。不知能識此意否？

集評

楊大鶴曰：放翁詩至萬首，然翁又言「文章本天成，妙手偶得之。粹然無疵瑕，豈復須人爲」，自言「間爲長謠、短章、楚調、唐律，酬荅風月煙雨之態度，非爲娱耳目、遣暇日而已」。此豈粘頭綴尾，朝鐫夕琢，必待月久歲深，以多作爲能者哉？

思蜀

西遊陳迹浩無窮，回首真同一夢中。柳拂驛牆思鳳集，鼓喧市里憶蠶叢。故人邱壠秋蕪碧，舊隱園林夕照紅。自閔未能忘感慨，浩歌彈鋏送飛鴻。

江村

江村連夜有飛霜，柹正丹時橘半黄。轉枕却尋驚斷夢，撥爐偶見爇殘香。醫無絶藝空三易，死與浮生已兩忘。拈得一書還嬾看，卧聽孫子誦琅琅。

集評——陳訏曰：放翁一生精力盡於七律，故全集所載最多、最佳，古詩稍有松處，然至其精彩發露，自斑駁可愛。

示兒

死去原知萬事空，但悲不見九州同。王師北定中原日，家祭無忘告乃翁。

集評——

祖應世曰：放翁易簀嘉定中，國弱已極，而尚作此想，其齎志可悲矣。

褚人穫曰：《示兒》一絕，有三呼渡河之意。

周之麟曰：觀於「家祭無忘」之語，千秋而下亦為長慟。此其用心與子美何以異哉？

圖書在版編目（CIP）數據

御選唐宋詩醇·陸游 / (宋) 陸游著；許芳紅標點．
— 北京：商務印書館，2019
ISBN 978-7-100-16760-4
Ⅰ．①御… Ⅱ．①陸… ②許… Ⅲ．①宋詩－詩集
Ⅳ．① I222.74

中國版本圖書館 CIP 數據核字 (2018) 第 242675 號

出版統籌　王　皓
責任印製　徐　仲
書籍設計　潘焰榮
封面字體設計　汪　泓
內文製作　陸海霞　何延舟

御選唐宋詩醇·陸游

［宋］陸 游 著
莫礪鋒 主編　許芳紅 標點

商務印書館出版（北京王府井大街 36 號 郵政編碼 100710）
商務印書館發行
南京愛德印刷有限公司印刷
ISBN 978-7-100-16760-4

2019 年 5 月第 1 版　　開本 622×962　1/16
2019 年 5 月第 1 次印刷　　印張 21¼
定價：128.00 元

等無一入選。至於陸游詩中時常涉及的夷夏之辨的意識，在評語中當然是絕無蹤影。總之，本書的編選和評注中所體現的政治意識相當明顯，它確實是一本忠實地貫徹滿清朝廷的統治意識的詩選，很符合其「御選」之名。幸而本書編撰於乾隆前期，上述政治意識還不是非常强烈，如果成書於乾隆後期的話，書中就不可能引用那麼多的錢注，而陸游詩中的「胡」字恐怕也會被删削殆盡。

《唐宋詩醇》體現的詩學思想較有價值。首先，本書在唐宋兩代的千百位詩人中精選出李、杜、白、韓、蘇、陸六人，頗見手眼，尤其是韓愈和陸游兩人。本書總評韓愈云：「韓愈文起八代之衰，而其詩亦卓絕千古。論者常以文掩其詩，甚或謂於詩本無解處。夫唐人以詩名家者多，以文名家者少，謂韓文重於韓詩，可也；直斥其詩爲不工，則群兒之愚也。……夫六義肇興，體裁斯别。言簡而意賅，節短而韻長，含吐抑揚，雖重複其詞，而彌有不盡之味，此風人之旨也。至於二《雅》三《頌》，鋪陳終始，竭情盡致，義存乎揚厲而不病其誇，情迫於呼號而不嫌其激。其爲體迥異於《風》，非特詞有繁簡，其意之隱顯，固殊焉。千古以來，寧有以少含蓄爲《雅》《頌》之病者乎？然則唐詩如王孟一派，源出於《風》，而愈則本之《雅》《頌》，以大暢厥辭者也。」這是歷史上首次理直氣壯地爲韓詩張目的言論，它不但較準確地說出了韓詩的特徵，而且把它提高到與雅、頌相承的

高度來予以肯定。本書又論述韓詩的藝術成就：「其壯浪縱恣，擺去拘束，誠不減於李；其渾涵汪茫，千彙萬狀，誠不減於杜。而風骨崚嶒，腕力矯變，得李杜之神，而不襲其貌，則又拔奇於二子之外，而自成一家。夫詩至足與李杜鼎立，而論定猶有待於千載之後。甚矣，詩道之難言也！」將韓詩評爲可與李杜鼎立，言下之意是韓詩的造詣超過白居易，除了葉燮《原詩》之外，此前從未出現過對韓詩如此高度的評價。本書總評陸游云：「觀游之生平，有與杜甫類者。少歷兵間，晚棲農畝，中間浮沉中外，在蜀之日頗多。其感激悲憤、忠君愛國之誠，一寓於詩。酒酣耳熱，跌蕩淋漓。至於漁舟樵徑，茶碗爐熏，或雨或晴，一草一木，莫不著爲詠歌，以寄其意。此與甫之詩何以異哉？」這段話言簡意賅，對陸游的創作過程及其創作特點作了深刻而又生動的論述。本書還對陸詩篇目繁富的情形予以評說：「詩至萬首，瑕瑜互見。評者以爲，譬之深山大澤，包含者多，不暇剪除蕩滌，非如守半畝之宮，一木一石，可屈指計數，可謂知言矣。若捐疵纇，存英華，略纖巧可喜之詞，而發其閎深微妙之指，何嘗不與李、杜、韓、白諸家異曲而同工，可以配東坡而無愧者哉！」對陸詩篇目過於繁富且良莠不齊的情況並未回避，且指出這對陸詩來說瑕不掩瑜，可謂卓見。

對於本書只選六家的理由，卷首的《凡例》中有所交代：「唐宋人以詩鳴

高度來予以肯定。本書又論述韓詩的藝術成就：「其壯浪縱恣，擺去拘束，誠不減於李；其渾涵汪茫，千彙萬狀，誠不減於杜。而風骨崚嶒，腕力矯變，得李杜之神，而不襲其貌，則又拔奇於二子之外，而自成一家。夫詩至足與李杜鼎立，而論定猶有待於千載之後。甚矣，詩道之難言也！」將韓詩評爲可與李杜鼎立，言下之意是韓詩的造詣超過白居易，除了葉燮《原詩》之外，此前從未出現過對韓詩如此高度的評價。本書總評陸游云：「觀游之生平，有與杜甫類者。少歷兵間，晚棲農畝，中間浮沉中外，在蜀之日頗多。其感激悲憤、忠君愛國之誠，一寓於詩。酒酣耳熱，跌蕩淋漓。至於漁舟樵徑，茶碗爐熏，或雨或晴，一草一木，莫不著爲詠歌，以寄其意。此與甫之詩何以異哉？」這段話言簡意賅，對陸游的創作過程及其創作特點作了深刻而又生動的論述。本書還對陸詩篇目繁富的情形予以評說：「詩至萬首，瑕瑜互見。評者以爲，譬之深山大澤，包含者多，不暇剪除蕩滌，非如守半畝之宮，一木一石，可屈指計數，可謂知言矣。若捐疵纇，存英華，略纖巧可喜之詞，而發其閎深微妙之指，何嘗不與李、杜、韓、白諸家異曲而同工，可以配東坡而無愧者哉！」對陸詩篇目過於繁富且良莠不齊的情況並未回避，且指出這對陸詩來說瑕不掩瑜，可謂卓見。

對於本書只選六家的理由，卷首的《凡例》中有所交代：「唐宋人以詩鳴

却正是以唐詩的標準來衡量宋詩。在崇唐的前提下，本書更鮮明地體現出崇杜的傾向，在全書共兩千六百六十五首詩的總篇幅中，杜甫一人獨選七百二十二首，占全書總數的四分之一强。至於各家入選作品數占其全部作品的比例，則杜甫占一半以上，其餘各家僅李白稍過三分之一，白居易則低至八分之一，陸游更低至十七分之一。本書在評注中也體現出强烈的崇杜傾向：對杜甫所擅長的詩體如五、七言古律體詩，本書都對其在詩史上的崇高地位作出充分的評價。即使是對於杜甫不甚擅長的詩體如七言絕句，此書也予以回護，甚至把杜甫不工七絕說成是駿馬「捕鼠不如狸狌」。總之，本書的編選宗旨體現出强烈的宗杜傾向，這是它作爲一種涵蓋唐宋兩代的通代詩選的最大特徵。

《唐宋詩醇》的另一個編選宗旨是强烈的思想傾向性。首先，本書特別强調在詩作中蘊含的政治教化意義，此類評語散見於各家詩集之中，尤其集中體現在白居易集中。這種詩評的詩學價值不大，乃此書評語的糟粕部分。其次，本書出現在文網尚未十分嚴密的乾隆前期，清廷對那些涉及君臣關係或滿漢關係的文字已經相當敏感，但尚未達到乾隆後期那樣嚴重。比如關於杜詩的評注中多處引及錢謙益注，不過時有批駁。又如陸游詩的選目中，抗金復國主題受到有意識的掩蓋，名篇如《金錯刀行》《胡無人》《關山月》《戰城南》《秋興》（成都城中秋夜長）

總序　莫礪鋒